# 그리운 시간들

# 그리운 시간들

오사다 히로시
박성민 옮김

시와서

# 차례

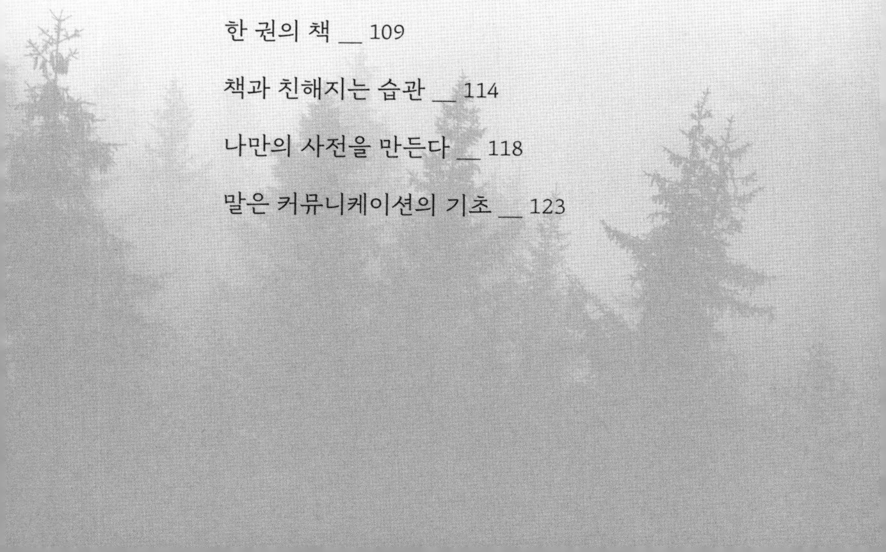

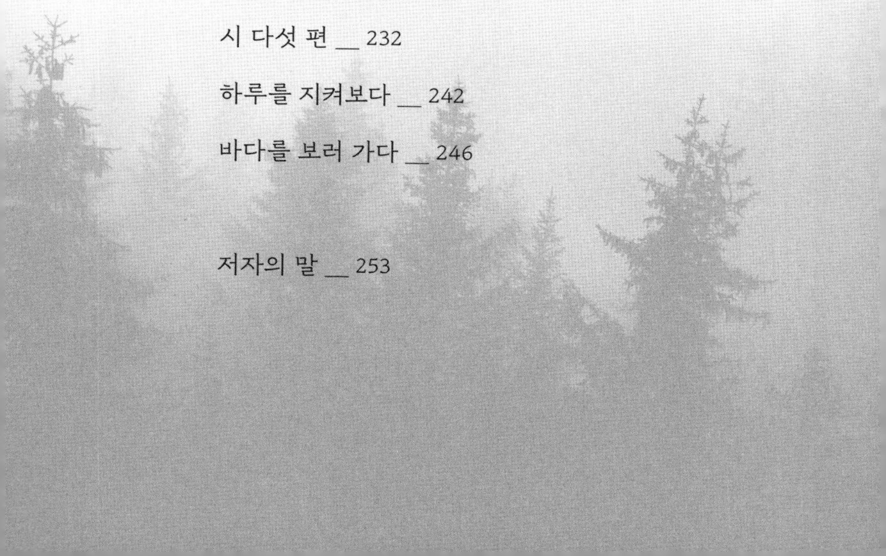

# 그리운 시간들

## 국경을 초월하는 말

지금은 물건도 사람도 경제도 정보도 여기저기 국경을 드나들게 되었습니다. 나라 안에서 밖으로, 또는 나라 밖에서 안으로 들어가고 나오는 것이 아주 평범한 일이 되었습니다. 그런데 말은 어떨까요?

말은 사람의 일상과 깊이 이어져 있습니다. 하지만 말이 서로의 일상을 가깝고 단단히 이으면 이을수록, 그만큼 말은 분명한 한계를 사람에게 느끼게 합니다. 각 나라의 국어가 그렇듯이, 말은 사람과 사람을 서로 깊이 이어주기도 하지만, 동시에 그 말이 지닌 한계를 사람들에게 짊어지게 한다는 뜻입니다.

말보다 더 서로를 가깝게 만드는 것은 없습니다. 그럼에도

서로가 말을 공유하지 않을 때, 또는 공유할 수 없을 때, 낯선 나라의 미지의 말이 그렇듯이, 말보다 더 사람을 밀어내는 것은 없습니다. 그러니까 말은 대단히 친화적이면서 또한 대단히 배타적이기도 한 것입니다.

그런데 말에는 또 하나의 말, 모양도 다르고 역할도 다른 말이 있습니다. 없는 것, 여기에 없는 것, 어디에도 없는 것, 아무도 본 적이 없는 것, 보이지 않는 것, 그런 것에 대하여 말할 수 있는 말이 있습니다.

예를 들면 '사회'라는 말이 있습니다. 사회라는 말은 누구나 알고 있지만 실제로 사회라는 것을, 이게 사회야, 라고 책상을 가리키듯이, 풀꽃을 가리키듯이, 사회라고 가리킬 수는 없습니다. '세계'라는 말도 마찬가지입니다. 우리는 세계라는 것을 알고는 있지만 눈으로 본 적은 없습니다.

그렇게 어디에도 없는 것에 대해, 마음속에서만 말할 수 있는 말이 있습니다. 자유. 우정. 적의, 증오. 아무도 본 적이 없지만 그렇게 느끼고, 그렇게 생각하고, 그렇게 이름 붙이고, 그렇게 불러온 말입니다.

국경을 초월하는 말, 또는 초월할 수 있는 말이란 무엇일까 생각해보니, 그런 없는 것에 대해 말할 수 있는 말이 아닐까 하는 생각이 듭니다. 국경을 초월한다는 것은 외국의 말을 몇 마디 익히는 것이 아닙니다. 없는 것, 보이지 않는 것, 오직 말로만 느낄 수 있는 것을, 나라와 말이 서로 다른 사람끼리 어떻게 공유할 수 있을 것인가, 라는 것입니다.

자유라는 말에 대해 생각할 때, 우리는 그 말이 어디서 왔는지 생각합니다. 자유를 본 사람은 없습니다. 책상 위에 굴러다니는 것도 아니고, 공원에 가면 있는 것도 아닙니다. 가게에서 살 수 있는 것도 아닙니다. 하지만 우리는 자유라는 말을 알고 있고, 자유라는 말을 통해 자유라는 것을 느낄 수 있고, 그렇게 느낄 수 있는 그 감각을 서로 그렇게 부르고, 그렇게 이름 붙이고, 그 말을 자신의 것으로 만들어왔습니다.

그리고 내 나라에서 자유라는 말로 표현되고, 자유라는 말에서 느낄 수 있는 감각을 다른 나라, 다른 지역에도 똑같이 그 나라의 말, 그 지역의 말로 자유라고 부르고, 자유라고 이름 붙이며, 나와 똑같이 느끼는 사람들이 분명 있을 거라고 생각합니다.

그런 확신을 가능하게 만드는 것이 국경을 초월하는 말의 힘이고, 그렇게 각자의 말을 통해 서로를 이어주는 소중한 개념을 공유하는 것이, 서로 다른 말을 가진 사람들이 함께 세상을 살아갈 수 있게 만들어주는 것이라고 생각합니다.

일찍이 같은 생각을 가슴속에 품었던 동시대의 두 시인이 있었습니다.

한 사람은 일본의 시인 미야자와 겐지(1896~1933)입니다.

미야자와 겐지의 〈까마귀의 북두칠성〉이라는 동화가 있습니다. 적군의 시체를 땅에 묻는 까마귀 병사가 별을 향해 기도하며 끝이 나는 이야기입니다.

"아아, 부디 미워할 수 없는 적을 죽이지 않아도 되는 세상이 하루빨리 되기를 바랍니다. 그렇게 될 수만 있다면 제 한 몸 따위 몇 번이고 찢어져도 괜찮습니다."

또 한 사람은 미야자와 겐지와 거의 동시대를 살다가 파리에서 가난하게 죽어간 페루 시인 세사르 바예호(1892~1938)입니다. 바예호의 시에 이런 문장이 있습니다.

싸움이 끝나고,
전사가 죽어 있었다. 한 남자가 다가가서
말했다. ―"죽으면 안 돼! 내가 널 이렇게나 사랑하는데!"
하지만 그 시체는 아아! 서서히 죽어갔다.

미야자와 겐지는 바예호를 몰랐을 테고, 바예호 역시 미야자와 겐지를 몰랐겠지요. 두 시인 모두 20세기의 두 번째 대전이 시작되기 전에 세상을 떠났고, 둘 다 세상에 알려지게 된 것은 전쟁이 끝난 후이지만, 두 시인의 말 속에 남아 있는 것은 그때는 서로 알지도 못했던 두 시인이 국경을 초월하여 공유했다고 할 수 있는, 사자에 대한 깊은 기도와 침묵입니다.

오로지 그 말을 통해서 느끼고, 생각하고, 받아들일 수밖에 없는 말이 있습니다. 그렇게 말로써밖에 표현할 수 없는 소중한 것을, 국경을 초월하여 우리는 저마다의 말 속에 공유할 수 있습니다. 이 두 시인의 말이 그것을 전해주고 있습니다.

국경을 초월하고 각자의 다름을 넘어서는 것은 말이 아니라, 말이 표현하는 개념입니다.

개념은 음악과 비슷합니다. 각자의 말이라는 악기로, 우리에게 소중한 개념을 누구에게 어떻게 연주할 것인가. 그리고 무엇보다, 국경을 초월한 개념이 공유되지 않는다면, 우리는 쉽게 과오를 범할 수도 있을 것입니다.

— 1995년 8월 28일

# 소중한 풍경

우리는 풍경 속에서 살고 생활하고 있습니다. 여기서 말하는 풍경은 명승이니 절경이니 하는 특별한 풍경이 아니라 우리 일상 속의 풍경입니다. 우리 생활의 표지, 나아가서는 인생의 표지가 되어주는 것은 그런 일상의 풍경입니다.

우리의 경험이나 기억은 우리가 그 속에서 살아온 풍경에 의해 만들어진 것입니다. 우리의 문화도 그렇습니다. 풍경이 없는 문화는 없으며, 지금까지 예술을 지켜온 것은 풍경을 깊이 바라보는 자세입니다.

그런 의미에서 보면 풍경이란 문화 그 자체라고 말할 수 있을지도 모릅니다. 우리의 일상을 선명히 만들어주는 것은 생활 속 풍경에 대한 감수성입니다. 또 우리 일상 속에서 마음의 상태를 확인하는 실마리가 되어온 것도 우리가 키워오고 또 우리를 키워준 풍경입니다.

비록 스스로는 그렇게 생각하지 않을지도 모르지만, 우리가 풍경 속에서 느끼고 생각하는 것이, 하루하루를 살아가는 우리의 자세를 만들어온 것입니다. 의식적으로 나 자신을 풍경 속에 놓아봅니다. 그러면 여러 가지 것들이 자세히 보이기도 하고, 또 다르게 보이기도 합니다.

푸른 하늘에
찬바람 불고 내 몸
펄럭거렸네

나카무라 구사타오의 이 하이쿠가 떠오릅니다. 푸른 하늘, 찬바람이 부는 풍경의 감각을 가져와, 그 풍경 속에 있는 자신의 이미지를 또렷이 비춤으로써 자신을 표현하고 있습니다. 계절을 나타내는 말로 '나'라는 사람을 표현하는 것이 하이쿠가 가진 매력입니다.

생활 속에서 경험하는 방법, 맑음과 탁함의 감각, 그 하나하나에는 자신이 스치고 지나온 풍경이 관계되어 있습니다. 그렇게 우리는 하루하루의 풍경을 살면서 '나'라는 사람의 경험을 마음속에 새겨온 것입니다.

시마자키 도손의 《동트기 전》이라는 소설이 있습니다. 에도 시대에서 메이지 시대로 넘어가는 격동의 시절을 살던 사람들의 마음속에 일었던 흥분을 그려낸 인상적인 이야기입니다. 기소마고라는 시골 마을에서 살아가는 젊은 주인공이 자신이 태어나고 자란 그곳을 떠나 에도(지금의 도쿄)로 떠나는 날을 그린 인상적인 장면이 있습니다.

마을을 떠나는 날, 청년은 마을 변두리의 골짜기 너머에 있는 언덕 위 묘지로 올라갑니다. 거기서는 마을 전체가 내려다보입니다. 그리고 "마치 지금까지 오래된 길의 운명을 먼 눈으로 바라보며 살아왔던 것처럼" 자신의 마을을 바라다봅니다.

마을은 삼나무들 사이사이에 펼쳐져 있습니다. 청년은 "푸른 삼나무 잎 냄새를 맡으며" 잠시 그곳에 서서 가만히 마을을 바라봅니다. 그리고 "저기에는 감나무 우듬지가 있고, 이쪽에는 흰 벽이 있고……" 하고 하나하나 가리키며, 자신이 나고 자란 마을의 풍경을 기억하고 단단히 마음에 담은 채, 앞을 알 수 없는 내일의 날들을 향해 홀로 길을 떠납니다.

우리 한 사람 한 사람의 역사라는 것은 그렇게 각자의 기억 속에 담긴 살아 있는 풍경입니다. 하지만 지금의 우리는 그런 기억 속의 풍경은커녕, 살아 있는 풍경의 기억마저 잃어버린 것입니다.

노래는 세상을 따르고 세상은 노래를 따른다는 말처럼, 세상의 유행가란 풍경을 노래하는 노래였습니다. 마을에 삼나무가 한 그루 있고, 잠자리는 하늘에서 동그라미를 그리고, 붉은 석양은 학교 건물을 물들이고, 가로등 불빛은 참 예뻤습니다. 하지만 언제부터인가 젊은 세대의 유행가에서 풍경이 불리지 않게 되면서 풍경이 사라졌습니다. 그리고 노래의 세계에는 채워지지 않는 감정이 남게 되었습니다.

풍경의 감각을 잃어버리면서 잃게 된 또 다른 것은, 풍경 속에 나 자신이 놓여 있다는 자각입니다. 풍경 속에 자기 자신을 놓아둔다는 것은《동트기 전》의 청년이 언덕 위에서 마을을 찬찬히 바라보듯이, 먼 곳을 보는 것, 전체를 보는 것입니다. 그렇게 먼 곳을 바라보는 눈이 지금 우리에게 부족한 것이 아닐까요.

지금은 뭐든지 클로즈업해서 보고, 클로즈업해서 생각하는 경우가 너무 많은 것 같습니다. 클로즈업은 부분을 확대하고 전체를 물리칩니다. 보이지 않는 것이 보이게 된 대신, 그만큼 보이는 것도 제대로 보지 않게 되었습니다.

풍경 속에 놓여 있는 자신이라는 곳에서 시야를 확인해가는 것이 지금 우리에게 필요한 것이 아닐까 생각해봅니다.

— 1996년 1월 9일

## 거리를 걷자

좋은 계절이 되면 마음이 바깥을 향합니다. 먼 곳에 가서 즐기고 노는 게 쉽지는 않지만, 요즘 같은 계절이라면 거리를 걷는 즐거움이 있습니다. 목적은 없습니다. 서두르지 않습니다. 마음을 편안히 하고 그냥 길을 걷습니다. 그렇게 길을 걷는 즐거움은 사실 평소에 가장 얻기 힘든 즐거움 중 하나입니다.

어디에 갈지, 뭘 할지, 생각하지 않고 걷습니다. 길 하나만 다르게 걸어도 이런 골목길이 있었네, 이렇게 큰 나무가 있었구나, 여기가 이런 길이었나, 하고 지금껏 몰랐던 거리의 표정과 만나게 되고 거리의 깊이가 보이는 것이 거리의 산책입니다.

거리를 걷기에 가장 적당한 계절이라면 5월입니다. 예로부터 아름다운 5월, 명랑한 5월이라고 불리는 5월의 풍경을 깊이 사랑한 시인 중에, 5월의 시를 많이 남긴 기노시타 모쿠타로(1885~1945)라는 시인이 있습니다.

기노시타 모쿠타로가 노래한 것은 메이지 시대 말 도쿄의 5월 풍경입니다. 시인은 지금 읽어도 마음의 눈이 열릴 것 같은, 잊을 수 없는 시를 남겼습니다. 그 맑은 계절의 말에 담긴 것은 걷기를 사랑한 시인의 다정한 눈길입니다.

시인은 내내 5월을 칭송하는 노래를 부릅니다.

"5월이 왔다, 5월이 왔다, 1년이 지나가고 또다시 5월이 왔다." "그런 5월이 거리에 찾아왔다."

봄바람 부는 도쿄의 거리를 걸으며 시인은 멀고 가까운, 짙고 연한 온갖 풍경들을 채집합니다. 예를 들면,

흐르는 강물의 아름다움. 가로수 길의 어린잎. 바람에 하늘거리는 양귀비꽃. 별것 아니지만 집집의 창들과 발코니의 운치. 비 오는 날의 보라색 빗물. 맑은 하늘의 저녁 구름. 연한 석양. 어디선가 흘러오는 오동나무꽃의 달콤한 향기. 사뿐사뿐 달려가는 검은 아기 고양이. 아름다운 5월. 집집마다 대문 앞에서 풍기는 짚불 피우는 냄새.

강바람이 아직은 살갗에 차갑지만 촉촉함이 느껴지는 5

월. 석양빛이 하늘에 희미하게 퍼지고, 공기는 은은한 녹색이 되어 무척이나 상쾌하다. 해질녘의 술이 맛있다. 저녁 산책이 즐겁다. 포목점 앞에는 새로 들어온 여름 홑옷이, 모자가게에는 여름 모자가, 술 가게 앞에는 새 술이 거적을 덮어쓴 채 쌓여 있다.

또 5월은 햇차의 계절이기도 합니다. 앵두가 익어가고, 풀 그림자가 무겁게 술렁이고, 이슬이 차갑고, 떡갈나무의 꽃향기가 짙어지고, 벽돌 벽에 비치는 아침 햇살이 무척이나 화사하고 싱그럽습니다. 그런 5월의 아침에 풀 위에 앉아 햇차를 홀짝이면, 아침의 맑은 마음 밑바닥에서 "비애마저 솟구치는 듯하다"라고 햇차의 맛에 대해 시인은 쓰고 있습니다.

바람이 부드러워진다. 첫 제비가 날아다닌다. 꽈리가 물든다. 해오라기가 들판에서 운다. 제비붓꽃. 작약. 모란. 숲속 상수리나무의 새순. 먼 산과 먼 숲이 그리워진다. 멀리 날아가는 새 그림자. 가지 구이가 맛있다. 오이 절임이 맛있다. 비파가 나오기 시작한다.

시인에게 이런 싱그러운 계절의 말을 가져다준 것은 바로 거리의 산책입니다. 거리를 걷는 데 목적은 없습니다. 그곳을,

천천히 지나갑니다. 그때 그 풍경들이 주는 감각, 소리나 냄새, 색채, 시간의 감촉, 그런 것들이 말을 걸어오고, 그 깊은 인상들이 한순간의 기억이 되어 생생히 남는 것입니다.

차나 전철을 타고 이동한다는 것은 방 안에 있는 것과 다를 게 없어서, 이동이라고 해도 방 안에 있는 채로 이동하는 것과 같습니다. 하지만 거리를 걷는다는 것은 방 안에서 방 밖으로 나가는 것입니다. 방 안에서 밖으로 나간다는 것은 내 마음 밖으로 나가는 것입니다. 내 마음 밖으로 나가, 바깥의 풍경 속으로 스스로 들어가는 것입니다.

걷기를 즐기려면 눈을 맑게 하고, 귀를 맑게 하고, 또 마음을 맑게 해야 합니다. 봄바람이 부는 5월은 어느 계절보다도 걷는 즐거움을 주는 계절입니다. 근심마저 비칠 듯이 맑은 계절에는 내 마음의 밖으로 나가 걷기를 즐기며 무용한 시간을 즐기고 싶습니다.

거리를 걷는다, 그래서 거리가 있다. 사람은 걷는다, 그래서 사람이 있다. 그런 생각을 잃고 싶지 않습니다. 걷기를 즐길 수 있다면, 그런 나 자신은 아직 믿을 수 있을지도 모릅니다. 하늘을 올려다보면 마음이 열립니다. 그런 5월이 올해도 거리에 와 있습니다.

— 1996년 5월 1일

## 인사하는 말

지금은 길에서 인사하는 말을 듣기가 쉽지 않습니다.

길을 걷고 있어도 안녕하세요, 고마워요, 라는 말이 거의 들리지 않게 되었습니다. 실례합니다 또는 죄송합니다, 그런 말을 듣는 일도 부쩍 줄어든 것 같습니다. 말뿐만이 아니라, 눈짓으로 주고받는 인사도 거의 볼 수 없어졌습니다.

그 대신, 거리에서 가끔 이상한 광경을 볼 때가 있습니다.

길을 걷는 누군가가 맞은편에서 걸어오는 사람을 알아채지 못합니다. 그러면 먼저 알아차린 쪽이 발을 멈추고 그대로 말없이 선 채, 상대방이 알아차릴 때까지 그 자리에 서 있습니다. 그러고 나서 서로 눈을 마주치지도 않고 그대로 지나갑니다. 누군가에게 말을 걸고, 또 누군가가 말을 걸어오는 것이 특히 젊은이들에게는 번거롭고 성가신 일이 된 것 같습니다.

무대 위의 말, 광고 문구의 말, 영업용의 말, 지금은 그런 말들뿐이고 자신의 말을 가지지 못하게 되었는지도 모르겠습니다. 인사하는 말들이 사라진 것은 서로가 말을 믿을 수 없게 되었기 때문입니다.

인사말은 상대방이 있어야 하는 말입니다. 말을 걸고, 말에 답합니다. 그러기 위한 말이 인사말입니다. 바꿔 말하면, 인사말은 모르는 사람끼리 서로 말을 겲으로써 서로를 인정하는 말이었습니다. 그리고 무엇보다, 인사말은 위로가 담긴 말이었습니다.

예전에는 인사말이 풍부했습니다. 그런데 언제부터인가 인사말이 사라지더니, 이제는 인사를 한다는 것이 거북해져 버린 것 같습니다.

말로 하는 인사뿐만이 아닙니다. 예전에는 웃는 얼굴도 모르는 사람끼리 주고받던 인사말 중 하나였습니다. 오가며 웃는 얼굴을 주고받는 습관은 한참 전에 사라졌습니다. 모르는 사람은 조심해야 하기 때문입니다.

화분의 꽃도 그런 인사말입니다. 지금도 차가 잘 다니지 않는 골목길로 들어서면 현관 앞에 계절마다 꽃 화분이 놓여 있는 풍경을 봅니다. 그런 꽃들도 지나가는 사람을 향해 말없이 건네는 친근한 인사의 말입니다.

지금은 통신의 혁신으로 새롭고 다양한 커뮤니케이션 도구들이 속속 나오고 있습니다. 새로운 만큼 왠지 어색한 커뮤니케이션 방법에 우리에게 무엇보다 필요한 것은 성숙한 인사말입니다.

가장 오래된 커뮤니케이션 방법 중 하나인 편지는 오랜 시간에 걸쳐 풍요로운 인사말을 만들어냈습니다.

예를 들면 아쿠타가와 류노스케가 남긴 편지가 그렇습니다. 아쿠타가와는 편지 말미에 늘 하이쿠나 단카 같은 시를 지어 넣어 부치고는 했습니다.

새해 축하드립니다.
일요일에
놀러 오십시오
매화나무꽃 — 새해 연하장에

내 가슴속의
찬바람이 기침이
되어버렸네 — 병이 났을 때

병실의 밥상
아침은 변변찮은
날계란인가 — 입원했을 때

보내주신 오리도, 시도 잘 받았습니다.
데가누마의
오리를 선물 받는
쌀쌀함인가 — 선물에 대한 감사 편지에

인사말은, 말하자면 멋스러운 말이었습니다.

한마디로 문화라고 할 수 있습니다. 문화라는 것은 멋진 액자에 걸려 있는 것도, 송죽매의 장식으로 꾸며져 무대 위에 놓인 것도 아닙니다. 인사를 하는 말이 문화입니다.

한마디로 커뮤니케이션이라고 할 수 있습니다. 커뮤니케이션이란 술술 유창하게 하는 말이 아닙니다. 인사를 주고받는 것이 커뮤니케이션입니다. 그것을 마음 깊이 새기고 싶습니다. 그것이 시작입니다.

— 1996년 7월 3일

## 같은 시대, 다른 세대

20세기가 시작되고 얼마 되지 않았을 무렵, 고다 로한이라는 작가는 활발히 대화를 나누는 아이들의 이야기를 많이 썼습니다. 동시대의 소년들이 모여서 활발하게 이야기를 나눕니다. 그리고 거기에는 대개 지혜로운 어른이나 경험이 풍부한 노인도 가세해 다양한 의견이 오가며 열띤 분위기에서 대화가 이어집니다.

같은 무렵에 나온 나쓰메 소세키의 《나는 고양이로소이다》도 그렇습니다. 주인공인 구샤미 선생의 집에는 이런저런 사람들이 찾아와 온통 종잡을 수 없는 이야기를 나누며 즐거워합니다. 주고받는 대화 그 자체가 이야기를 만들어가는, 이를테면 좌담 소설입니다.

무엇을 어떤 식으로 이야기하는 걸까요? 고다 로한의 한 좌담 소설은 이렇게 시작됩니다.

"아마노 히로시는 조금 이상한 것에 눈길을 주고 마음을 기울이는 소년이다. 그래서 호시, 가자마, 구모이, 아마미야, 쓰키오카, 유키야마 등 그의 친구들은 오늘도 다 같이 모인 자리에서 아마노가 꺼낸 이야기에 흥미를 갖고 질문을 하며 대화를 나누고 있다."

그런데 아마노가 '이상한 것'을 말하자, 쓰키오카가 어이없어하며 말합니다.

"그런데 넌  뭐든지, 대답할 수 없으면 대답할 수 없는 게 되고, 대답할 수 있으면 대답할 수 있는 게 된다고 말하잖아. 무슨 말로 대답해도 되고, 무슨 말로 대답해도 안 되고, 또 대답할 수 있으면 대답할 수 있고, 대답할 수 없으면 대답할 수 없고. 그런 이상한 게 이 세상에 어디 있어?"

그 말에 아마노는 이렇게 대답합니다.

"하지만 세상에는 그런 게 정말로 많아. 그리고 다들 그 이상한 것 때문에 고민하고 있다고. 그래서 난 너 같은 사람, 이를테면 그런 이상한 걸 전문적으로 연구하는 사람이 이 세상에 존재했으면 좋겠다는 거야."

고다 로한은 좌담이란 '이상한 것'을 다 같이 활발하게 토론하는 것이고, 그것이 좌담에서 가장 중요한 것이라고 말합니다. 그러고 보면 《나는 고양이로소이다》도 찾아오는 사람마다 고양이 주인을 둘러싸고 내내 '이상한 것'들만 이야기하는 소설입니다.

지금은 어떤가요?

요즘은 일상에서 좌담이란 것을 거의 볼 수 없게 되었습니다. 그 대신, 회의니 토론이니 하는 식으로 '이상한 것'에 대해서는 말도 꺼낼 수 없을 것 같은 대화 방식이 일반적이 되어버렸습니다. 어쩌면 집에서조차 '이상한 것'을 이야기하는 단란한 좌담의 모습이 사라졌는지도 모릅니다.

그 결과, 서로 다른 세대가 같은 시대를 함께하는 대화법이 점점 무너지고 사회에서 사라지게 되었습니다. 그 대신 '세대'라는 말이 요즘 사람들이 가장 널리 신뢰하는 말이 된 것 같습니다.

지금은 '세대'라는 것이 모든 것을 측정하는 기준이 되었습니다. 학교, 사회, 동료, 모든 것이 각각의 세대로 나뉘어져, 상품부터 문화까지 모든 사회 문제는 전부 '세대'의 문제로 이야기되고 있습니다. 그리고 '같은 세대'라는 것이 가장 우선시되어, 자신과 다른 세대의 경험은 시대가 다르다는 이유로 간단히 거부해버립니다.

같은 세대 안의 이지메, 그리고 다른 세대(부모와 자식)간의 단절, 그것은 '세대'에 의해 어쩔 수 없이 단절된 지금의 사회에서 비롯된 것입니다. 또한 자원봉사니 네트워크니 하는 식으로 세대를 초월한 연결이나 대화가 끊임없이 요구되어지는 것도 '세대'에 의해 단절된 사회에서 사라진 것을 되찾고 싶어 하는 우리의 욕구에서 비롯된 것이 아닐까요?

같은 세대, 다른 시대, 그렇게 선을 그음으로써 우리 사회는 어찌할 수 없을 만큼 토막토막 끊어져 버렸습니다. 그러나 사회를 활기차게 만드는 것은 '다른 세대'끼리 '같은 시대'를 공유하는 것입니다.

우리 사회에 늘 필요한 것은 '같은 세대, 다른 시대'에 기대고 있는 말이 아니라, '다른 세대, 같은 시대'에 뿌리내린 말입니다.

서로 다른 세대가 같은 시대를 함께 살아갑니다. 그 소중함을 잃어서는 안 됩니다. 그렇지 않으면 우리는 소중한 무언가를, 일찍이 미래라는 이름으로 불리던 것을, 앞으로도 계속 잃어가게 될지도 모릅니다.

— 1996년 11월22일

## 회화와 대화

‘회화’라는 말이 있고, 그와 비슷한 말로 ‘대화’라는 말이 있습니다.

비슷해 보이지만, 예를 들어 ‘영어 회화’라고는 해도 ‘영어 대화’라고는 하지 않습니다. 또 반대로, 예를 들어 ‘일미(日美) 대화’라고 표현할 때는 대화 대신 회화라는 말을 쓸 수는 없습니다. 얼핏 비슷해 보이지만, 의미의 방향은 오히려 반대를 향하고 있는 것 같은 말이 회화와 대화입니다.

커뮤니케이션 수단이 전화를 비롯해 다양해진 지금, 회화의 형태는 아주 풍부해졌습니다. 하지만 대화는 어떨까요? 회화의 형태는 생각보다 훨씬 풍부해진 반면, 우리 사이의 대화는 오히려 빈곤해진 것 같다는 생각이 듭니다.

그럴 때 생각나는 책이 하나 있습니다. 20세기가 시작되기 직전인 1897년, 나이가 들수록 더욱 기개가 왕성했던 메이지 시대의 정치가 가쓰 가이슈가 쓴《히카와세이와(氷川清話)》라는 책입니다.

이 책은 가쓰 가이슈의 구술을 정리해 실은 책으로, 그 당시 그가 하는 말은 대단히 인기가 있어 그를 찾아온 기자들은 너도나도 그의 구술을 옮겨 적어 신문에 실었습니다. 책 속의 말투는 자유롭고 활달하지만, 이것은 회화의 기록은 아닙니다. 가쓰 가이슈라는 한 사람의 말을 실은 책이지만, 이것은 대화의 기록입니다. 말하는 사람은 가쓰 가이슈 한 명이지만, 그는 백 년 후인 오늘을 향해, 마치 자기 자신을 마주보며 말을 걸듯이 매우 직접적인 방식으로 말하고 있습니다.

이 책에서 가쓰 가이슈는 '담판(談判)'이라는 것에 대해 자주 말하는데, 메이지 유신 이후 일본이 새로운 국가 형태를 만들어가는 데 매우 중요한 방법이라고 말하고 있습니다.

담판이란 일을 마무리하거나 결정지을 때, 서로 의논하고 교섭하는 것을 말합니다. 다시 말해, 대화를 하는 것입니다. 지금은 '담판'이라는 말도 자주 쓰이지 않게 되면서 사람과 사람이 주고받는 말로 남아 있는 것은 회화뿐, 대화나 담판이라는 이야기 방식은 어느새 줄어든 것 같습니다.

그러면서도 우리 사회에 바람직하지 않은 사건 등이 일어날 때마다 우리는 어김없이 대화의 부재, 또는 부족을 지적합니다. 하지만 우리에게 일상의 대화가 사라지면서, 서로 마주보며 문제를 꺼내 이야기하는 습관이 들지 않은 탓에, 무슨 일이 생길 때마다 그런 상황이 생기는 것은 아닐까요?

회화의 경우도 지금은 대부분 한번 쓰고 버리는 말, 수다 같은 말을 회화라고 할 때가 많은 것 같습니다. 서로 마주보며 다른 관점을 쌓아가는 대신, 생각이 다르면 함께 있지 못하고, 눈이 마주치면 충돌하고 싸우는 것을 보면서, 우리가 지금 잃어가고 있는 중요한 것은 결국 대화나 담판의 사고방식이 아닐까 하는 생각이 듭니다.

가쓰 가이슈는 자신의 삶을 돌아보며, 담판이란 서로가 '조금의 오만함도 없이 자리를 함께하는 것' 그리고 '진심을 보이는 것'이었다고 말합니다. 다시 말해, '배려 없는' 말을 하지 않고, 상대방에 대한 '예의를 잃지 않는 것'이 담판의 법칙이었던 것입니다. 회화가 이야기하기를 즐기는 것이라고 한다면, 대화나 담판은 문제를 받아들이는 법, 마음을 결정하는 법이라고 할 수 있을 것 같습니다.

지금은 문제를 받아들이고 싶어 하지도, 마음을 결정하고 싶어 하지도 않는 시대, 뭐든지 나중으로 미루어도 이상하게 생각하지 않는 시대가 되었습니다. 사람들 사이에는 수많은 말들의 파편이 날아다니지만, 오고 가는 것은 이기적이고 무신경한 말뿐입니다. 말에 힘이 사라지고, 말이 생각을 전하는 힘을 갖기가 점점 어려워지는 상황이 벌어지고 있는 것 같습니다.

회화를 즐기는 것은 능숙해졌습니다. 그러나 대화를 살리는 힘은 부족해졌습니다. 대화가 사라집니다. 담판이 사라집니다. 가쓰 가이슈의 말을 빌리자면 "때와 장소에 맞는 각자의 사려 분별"이 사라져버리는 것입니다. 그리고 그것이 지금 우리의 모습을 약하게 만들고 있습니다. 지금 우리가 새롭게 생각해야 하는 것은 대화가 가진 힘입니다.

— 1997년 2월28일

## 오래된 책도 읽어보자

책을 읽지 않게 되었다. 지금은 그런 말을 듣는 시대가 되었습니다. '활자 이탈'이라는 말이 생기고 이제는 책의 시대가 아니라는 말까지 들리는데, 게다가 그것이 당연한 것처럼 되었습니다. 책을 둘러싼 거리의 풍경도 크게 달라졌습니다. 그리고 지금까지 책의 문화를 만들어온 활판인쇄는 완전히 쇠퇴해버려, 책 그 자체의 모습도 완전히 달라졌습니다.

그런데 그 옛날 책의 전성시대는 이렇게 한참 전에 지나간 것처럼 보이는데도, 마치 시대의 흐름을 거스르기라도 하듯 의외로 재미있는 일이 있습니다. 오래전에는 널리 읽혔지만 이제는 서점이나 도서관에서도 보기 어려워진 아름다운 활판인쇄 책을 거리의 헌책방에서 종종 볼 때가 있습니다.

오래된 책이라 해도 옛날의 소위 고서적이나 희귀본 같은 것이 아니라, 예를 들면 1940년대나 50년대에, 만듦새는 썩 좋지 않지만 책 한 권 한 권을 소중히 읽었던 시대에 나온 책입니다.

가끔 거리의 헌책방에서 뜻밖의 책을 만날 때면 낡은 책의 페이지 사이에서 뭔가가 피어오르는 듯한 느낌이 들 때가 있습니다. 오래된 책은 좋은 시간의 감촉이 있고, 내가 깜빡하고 잃어버린 어딘가에 내버려두고 온 시간이 지금도 그 오래된 책 속에 남아 있는 것 같은 친근한 느낌이 듭니다.

오래된 책에는 우리가 잃어버린 것을 선명히 떠올려주는 힘이 있습니다. 그것은 말이 힘을 가졌던 시대를 떠올려주고, 지금처럼 모든 것이 풍요로운 시대는 아니었어도 책이라는 것이 지금보다 훨씬 정성껏 쓰이고 만들어지고 읽혔다는 것을 떠올려주기 때문입니다.

실제로 그런 책을 보면 책을 만든다는 것에 대한 아름다운 마음씀씀이가 여기저기 엿보여 놀랄 때가 많습니다. 물론 종이도 인쇄도 제본도 지금의 책에는 한참 못 미치는 것들입니다. 하지만 거기에는 책 만들기에 대한 자부심이 있고, 새 책에서는 볼 수 없는 오래된 책의 독특한 분위기가 감돌고 있습니다.

그런 오래된 책 중에 마음을 끄는 말들이 담긴 몇 권을 소개합니다. 하나는 1949년에 출간된 오카 요시타케의 《독일 데모크라시의 비극》이라는 책입니다. 전쟁이 끝난 후, 약 60쪽 정도의 문고판으로 나왔다가 폐간된 아테네 문고 시리즈 중 하나로, 이 책에는 잃어버린 시대에 대한 절실한 생각이 이렇게 담겨 있습니다.

"바이마르 공화국의 짧은 역사, 그것은 불행 속에서 태어나 불행 속에서 살다가 요절한 한 사람의 박복한 삶과도 비슷하다. 그것은 사람의 마음을 아프게 한다. 하지만 오늘날 우리의 과제는 일찍이 독일에서 일어난 민주 정치의 불행한 실험에 마음이 움직이기보다는, 그것에 대해서 머리로 생각하는 것일 테다. 여기서 의심할 여지 없이 명백한 것은 자유란 그냥 주어지는 것이 아니라, 언제나 투쟁을 통해서만 확보되고 획득된다는 것이다. 그리고 그 자유를 얻기 위한 투쟁은 총명함과 용기가 함께하지 않으면 아무런 의미도 없다는 것이다."

또 아테네 문고와 비슷한 시기에 나와서 역시 단명하기는 했지만 매력 넘치는 문고본이었던 세계고전문고 중에 두 권을 소개합니다. 하나는 1948년에 출간된 이반 크뤼로프의 《우화집》입니다. 19세기에 쓰인 이 경쾌하고 기묘한 우화들이 처음부터 끝까지 들려주고 있는 것은 자기가 보고 싶은 것만 보려고 하는 인간들에 대한 준엄한 시선입니다.

〈구경을 좋아하는 친구〉라는 우화 속에, 박물관에 갔다 온 사람이 그의 친구에게 말하는 장면이 있습니다.

"우와, 대자연의 아이디어란 정말이지 끝이 없어! 그곳에 없는 동물이나 새가 있을까! 나비에 투구벌레에 딱정벌레에 파리에 바퀴벌레까지! 어떤 건 에메랄드 같고, 어떤 건 산호 같아! 그리고 진짜로 작은 무당벌레도 있어! 그건 정말 바늘 귀만큼 작더라니까!"

"그런데 코끼리는 못 봤어? 코끼리는 정말로 거대하잖아! 산에라도 부딪쳤나 하고 생각하지 않았어?"

"코끼리가 거기에 있어?"

"응, 거기에 있지."

"어, 그런가? 난 코끼리는 못 봤는데."

태평양 전쟁이 이 나라에 가져다준 것 중 하나가 코끼리의 부재*였습니다. 그리고 전쟁 종결의 상징 중 하나는 우에노

* 태평양 전쟁 당시 우에노 동물원의 코끼리는 도쿄 사람들의 큰 사랑을 받았다. 하지만 공습이 심해지면서 맹수들이 거리로 뛰쳐나오는 것을 막기 위해 많은 동물들이 살처분을 당했는데, 코끼리는 굶주림으로 죽었다고 한다.

동물원에 다시 새 코끼리들이 오게 되었다는 것입니다. 이렇게 책은 아무리 오래되었다고 해도, 그 책을 읽는 사람이 살아가는 시대와 이어질 수밖에 없는 성질을 가지고 있습니다.

그리고 또 한 권은 오사라기 지로가 쓴《날짜가 있는 문장》이라는 책입니다. 1948년에 나온 이 수필집의 머리말에 실린 〈나무를 심다〉라는 글은 지금 읽어도 맑고 좋은 문장입니다.

"사람들이 나무를 더 많이 심는 습관이 생기면 이 세상이 더한층 즐거워질 텐데, 하고 생각한다. 또 나는 사람이 죽으면 그가 좋아했던 나무를 묘비로 심으면 어떨까, 하는 생각까지 한다. 석탑과 달리 나무는 자라면서 무성해진다. 죽은 이를 대신하여 살아가는 것이다. 나무가 시드는 것은 수십 년이 흐른 뒤일 것이다. 꽃이 피는 나무를 심는다면 묘지가 지금과 달리 얼마나 환해질까.

아기가 태어나면 부모는 한 그루의 나무를 심는다. 저마다의 토템 폴처럼. 거기까지 상상은 나래를 펼치고, 그것을 위한 장소는 도시가 마련해준다. 연인 사이라면, 당신의 나무는 뭐예요, 라고 물을 수도 있고, 연인의 나무 아래에 나란히 서서 심호흡을 할 수도 있다. 그런 습관이 생긴다면, 묘지뿐만 아니라 인간이 살고 있는 땅이 얼마나 아름답게 변할까?"

어쩌다 만난 오래된 책에서 지금은 잊어버린, 말이 품고 있던 밝음과 선명함이 그 시대의 숨결과 함께 생각지도 못한 방법으로 새롭게 전해지는 경우가 적지 않습니다. 이봐요, 이거 잃어버렸잖아요, 하고 말을 걸어오듯이 말입니다.

독서란 시계추 같은 것입니다. 비록 오래된 책일지라도, 지나간 과거의 시대 쪽으로 크게 흔들린다면, 미래 쪽으로도 그만큼 크게 흔들리는 것이 독서가 가진 힘입니다. 그런 독서의 힘을 되찾고 떠올립니다. 또 내 안에서 확인합니다. 그렇게 미래를 향해 움직이는 독서의 힘이 지금 필요하지 않을까요? 새로운 책뿐만 아니라, 오래된 책도 읽자고 제가 이렇게 굳이 말을 꺼내는 이유입니다.

— 1997년 5월12일

## '재(再)'라는 말을 생각한다

재독. 재고. 재생. 재활. 우리는 '재'라는 글자가 들어간 말을 자주 씁니다. 이 '재'라는 글자는 독특한 의미를 담고 있습니다. 영어에서 레크리에이션의 're', 리사이클의 're', 리프레시의 're'는 그저 다시 한 번이라는 의미의 '재'입니다.

하지만 재독, 재생, 재고의 '재'에는 좀 더 적극적인 의미가 담겨 있습니다. '재독'이란 읽고 다시 한번 확인하다, 또는 확실히 하다, 라는 말이고, '재고'란 생각하여 확인하다, 생각하여 확실히 하다, 라는 의미를 담고 있습니다.

'재'라는 말은 전부터 있던 것을 다시 한번 반복한다는 뜻으로 생각하기 쉽지만, 그것보다는 새로운 시작, 새로운 의미를 지금 현재로 다시 한번 끌어온다는, 좀 더 적극적인 의미를 담은 것이라고 생각합니다. 재생이란 생을 다시 한번 확인한다는 것입니다. 우리는 이렇게 의식적 또는 무의식적으로 '재'라는 말을 자발적이고 적극적인 의미를 가진 말로 써왔습니다.

오늘날 우리에게 필요한 것은 이 '재'라는 말이 가진 시점이 아닐까요? 다시 말해 우리의 삶과 사고방식 안에 '재'라는 시점을 되찾는 것이 필요하다는 생각입니다.

약 백 년쯤 전, 야마무라 보초라는 시인이 있었습니다. 1884년에 태어나 1924년에 세상을 떠난 그의 생은 고난으로 가득했습니다. 기독교인이 되고, 러일전쟁에 종군했습니다. 그 후 보들레르에게 심취해 시를 쓰기 시작했고, 시 잡지를 만들어 무척 아름다운 시를 지었습니다. 그러다가 태어난 지 얼마 되지 않은 아이를 잃은 시인은 그 고통으로 인해 전과는 완전히 달리 온화하고 알기 쉬운 마음의 풍경을 시로 쓰게 되었습니다. 몇 번이고 인생을 스스로 재발견하며 살아간 이 시인이 쓴 〈땅을 이어받는 것〉이라는 시가 있습니다.

길에서 놀고 있던
아이 하나
진흙을 조물거리고 있었다
그 아이

그 진흙으로
산을 만들고
그곳에 나무를 심고
집을 짓고
말〔馬〕을 만들고
그다음에 사람을 두 명 만들고
그 사람들에게 말을 걸며
아빠야
엄마야
이제 이걸로 다 됐으니까
제일 힘이 세고
제일 큼직하게
이번에는 자신을 만듭니다
아아, 그 아이

'재'라는 말은 쓰이지 않았지만, 이 시는 땅을 이어받는다는 생각, 세상과 관계를 맺는 법을 노래하고 있습니다. 진흙을 주물러서 세상을 만들고 자기 자신을 만드는 것. 시인은 아이가 노는 모습에서 귀한 것을 보았고, 그것이 소중하다고 노래하고 있습니다. '재'라는 말의 진짜 의미는, 이 시의 아이처럼, 자신이 살아 있는 장소, 땅, 세상이라는 것을 스스로 이어받는 것임을 잘 보여주는 시라고 생각합니다.

여기서 말하는 '재'는 '다시 한번'의 의미가 아닙니다. 자신의 손으로 진흙을 주물러 스스로 세상을 만들어가는 것. 그리고 그것을 자신의 확실한 세상으로 느끼는 것. 스스로 산을 만들고, 나무를 심고, 집을 짓고, 말을 만들고, 아빠와 엄마라는 두 명의 인간을 만들고, 그다음에 아이인 자신이 태어난다는 것입니다. 흙놀이를 하는 아이를 노래한 시를 통해 시인은 사람이 살아가는 방식의 기본은 재창조라는 생각을 간결한 말로 전하려고 합니다.

이 시의 아이처럼 스스로 진흙을 반죽할 것. 이 세상이 자신의 세상임을 분명히 느낄 것. 그런 '재'라는 행동, 재창조라는 사고방식을 버리지 않을 것.

재고. 재독. 재발견. 재확인. 재편. 실패해도 재도전하고 재창조하며 재생한다는 식으로 '재'라는 말은 여러 절실한 국면에서 쓰여왔습니다.

이 세상이 낳은 아이인 우리에게 필요한 것은 모 아니면 도라는 식의 단판 승부가 아니라, 창조란 재창조이고, 발견이란 재발견이라는 생각을 자신의 일상 속에서 되살리려고 하는 노력이 아닐까요.

— 1997년 8월25일

## 기억을 키우다

오늘날 없으면 안 되는 것 중 하나가 컴퓨터의 중추를 이루는 기억 장치인 메모리입니다. 이제는 인간 생활에 없어서는 안 되는 컴퓨터의 가치가 기억 기능 없이는 무의미하듯, 인간 생활의 중추를 이루는 것은 기억입니다.

기억은 늘 인간에게 가장 중요한 것을 키워주었습니다. 예를 들면, 교육의 중심을 이루는 것은 가르침을 받고 배운 것의 기억입니다. 또 오늘날 같은 고령화 사회에서 피할 수 없는 것은 인간의 기억력이 약해지는 데서 비롯되는 어려움입니다.

기억은 인간의 인간다움을 지켜줍니다. 하지만 기억은 아무것도 하지 않고 저절로 내 안에서 생기는 것이 아닙니다.

저마다 스스로 시간을 들여 키우는 것이 기억이고, 사람은 기억에 의해 자라고, 기억을 따라가며 자신에게 소중한 것을 얻어왔습니다.

중세 유럽에서 가장 중요하게 여겨졌던 것은 기억이었습니다. 메리 캐러더스가 쓴《기억술과 책》이라는 책에 따르면, 기억은 중세 유럽에서 모든 것의 기초를 이루는 것으로, 현명한 판단과 생각을 이끌어내는 것으로 여겨졌습니다. 책을 쉽게 구할 수 없었던 시대에 기억 훈련은 큰 의미를 가졌습니다. 단련된 기억 속에서만 인격과 판단력, 시민성, 신앙심을 쌓아 올릴 수 있기 때문입니다. 그렇기 때문에 기억력을 키운다는 것은 편의상의 선택이 아니라, 윤리의 문제였습니다.

기억이란 단순히 '외우는 것'이 아니라 '스스로 발견하는 것'입니다. 모든 것을 다 외울 수는 없기에 사람의 기억은 본질적으로 불완전하고, 그렇기 때문에 기억이란 조각조각을 모으고 정리하는 것이기 때문입니다. 기억은 마음과 이어진 상(像), 이미지의 창고였습니다. '마음속'은 '기억 속'과 같은 의미의 말이었습니다. 중요한 것이 있으면 "당신의 마음속에 새겨두세요" 라고 했다고 합니다.

기억은 달리 말하면, 자신의 마음속에 스스로 새겨 넣는 행위입니다. 놀라움을 새겨 넣다. 슬픔을 새겨 넣다. 기쁨을 새겨 넣다. 그렇게 해서 스스로 만들어가는 것이 기억입니다.

프랑스의 영화감독 알랭 레네는 파리 국립도서관의 다큐멘터리를 찍어서 《세계의 모든 기억》이라는 제목을 붙였습니다. 기억이란 인간을 만들어온 역사이자 인간이 만들어갈 역사라는 것, 그리고 도서관은 그런 기억의 창고임을 이 영화는 보여줍니다.

그런데 지금 우리는 인간이 도저히 다다를 수 없는 기억력을 가진 컴퓨터에게 우리 자신의 기억을 내맡기고, 기억해주기를 바랍니다. 인간이 스스로 기억을 내팽개쳐버린 듯한 위태로움을 느낍니다.

시집 《기억을 만드는 법》이라는 책 후기에 저는 이런 글을 남겼습니다.

"기억은 과거의 것이 아니다. 그것은 이미 지나가버린 것이 아니라, 오히려 지나가버리지 않은 것이다. 남아 있는 것이 기억이고, 내 안에 분명히 남아서 나 자신의 현재의 토양이 된 것이 기억이다. 기억이라는 흙 속에 씨를 뿌리고 계절 속에서 돌보며 키우지 않으면, 말은 좀처럼 열매를 맺지 않는다. 자신의 기억을 잘 가꿀 것. 그 기억의 뜰에서 자라나는 것이 인생이라고 생각한다."

사람에게 생각하고 느끼는 힘을 만들어준 것은 언제나 기억이었습니다. 하지만 지금은 오로지 컴퓨터에게 기억을 내맡기게 되면서, 자신을 확인하기 위한 생생한 기억의 힘이 한 사람 한 사람의 마음속에서 갑자기 사라지고 있는 것 같습니다. 인간적인 기억을 하루하루 키워가는 것의 소중함을 마음속에 되새기고 싶습니다.

— 1998년 2월 11일

## 수신력의 회복

최근 정보와 커뮤니케이션의 본질을 둘러싸고 우리가 내내 강조하고 있는 것은 '발신'의 중요성입니다.

발신이란 내가 외부로 정보를 보내는 것, 말을 꺼내는 것, 의미를 나타내는 것입니다. 오늘날을 특징짓는 것은 무엇보다 정보산업의 발달인데, 정보산업은 발신 산업이라고 해도 좋을 만큼, 발신하는 힘을 끌어내는 데에 주력하며 발달해 왔습니다.

하지만 발신의 힘이 중요해질수록, 그와는 반대로 '수신'의 힘은 어느샌가 크게 쇠퇴해버린 것 같습니다.

타자가 보내는 시그널. 타자가 원하는 커뮤니케이션. 타자의 말. 타자의 침묵. 그런 타자의 존재라는 것을 받아들일 수 있는 확실한 수신력이 지금은 아주 약해진 게 아닐까요. 그리고 그렇게 약해진 수신력이 지금 사회의 모습을 일그러뜨리고 있는 건 아닐까요.

수신하는 힘을 내 안에 생생히 유지할 수 있도록 더 고심해야 한다고 생각합니다. 그렇지 않으면 소중한 무언가를 내 안에 받아들이고 그것을 스스로 즐길 수 없게 됩니다.

저마다의 마음속에서 수신력을 키워가는 것. 그런 생각을 하면 떠오르는 책이 하나 있습니다. 얼마 전 작고한 중국문학자 이리야 요시타카 씨가 엮은《료칸 시집》입니다.

료칸은 노래를 읊고 한시를 짓던 에도 시대의 승려로, 교묘한 말이나 꾸며낸 문장을 몹시 싫어해 소박한 말만을 찾은 사람입니다. 그는 "시는 어디까지나 마음속의 사물을 비추어야 한다"라고 했습니다. 그러면서 그것은 "단지 심정을 있는 그대로 표현하는 것만"을 말하는 것은 아니라고 덧붙입니다.

료칸의 마음속에는 언제나 중국의 시인 한산(寒山)의 삶이 있었습니다. 한산은 관직에 오르는 길을 버리고 깊은 산속에 들어가 은자의 삶을 택한 당나라의 시인입니다. 은자라는 삶을 스스로 택했을 때, 한산은 어쩌면 자기 자신도 예기치 못한 새로운 세계에 눈이 뜨였던 것은 아닐까요. 이리야 씨는 "산도 물도 초목도 그리고 달까지도 지금까지와는 다른 모습으로 한산의 눈앞에 펼쳐졌다. 사물을 바라보는 사람과 그의 눈에 비치는 사물의 신비로운 융합이 그를 사로잡은 것이다" 라고 했습니다. 한산이 바라본 것과 료칸이 바라본 것은 어쩌면 같은 것이었는지도 모르겠습니다.

하루하루를 다르게 바라본다. 그렇게 함으로써 아첨하지 않는 말을 할 수 있는 삶을 추구한 료칸이 바란 것은 세상을 향해 발신하는 말이 아니라, 스스로 살아가는 방법이 되는 말이었습니다.

발신만 하는 사람은 '스스로를 유식하다고 행동하는 사람'이다, 다들 자기 자신이 옳다고 말한다, 하지만 근본에 대해서 물으면 도리어 쓸 만한 게 하나도 없다, 라고 료칸은 말합니다. 중요한 것은 어떤 말일까요. 격해지지 않는 말, 상대를 받아들이는 말입니다.

그런데 우리 주변을 둘러보면, 일방적으로 발신만 하는 말은 많지만, 타자의 말을 제대로 수신하고 제대로 받아들일 만큼의 기량을 가진 말은 점점 사라지고 있습니다.

료칸은 또 이렇게 말합니다.

"허망하다고 하면 모든 것이 허망하다. 진실하다고 하면 모든 것이 진실하다. 진실 위에 따로 허망이 있는 것이 아니고, 허망 위에 따로 진실이 있는 것이 아니다. 그런데도 어찌하여 수도자들은 오로지 진실만을 추구하고 싶어 하는 것일까.

그 추구하는 마음 하나만 관찰해보라. 그 마음이 허망인지, 아니면 진실인지."

오로지 옳고 그름만을 가리려고 하면 어딘가에서 잘못이 생깁니다. 그리고 자신의 옳음만을 주장하며 자신과 다른 타인을 비난하는 결과에 이르게 됩니다. 그런 어리석음은 료칸이 살던 세상이나 우리가 사는 세상이나 별반 다르지 않습니다.

"부처는 자신의 마음이 만드는 것이다. 길도 의식적으로 만드는 것이 아니다. 그대들에게 말하는데, 이 말을 단단히 새기고, 겉모습에 붙어서 따라가면 안 된다."

수신력을 되찾기를 바라는 지금, 떠올리고 싶은 료칸의 말입니다.

— 1998년 7월 2일

# 구와바라 다케오 학예상을 받고

구와바라 다케오 학예상*을 받고 나서 생각해보니, 구와바라 다케오라는 사람은 제게 큰 영향을 미친 존재입니다. 하지만 제가 영향을 받은 것은 그가 쓴 여러 저작물이나 저널리즘의 기초를 이룬 그의 눈부신 업적에서라기보다는 오히려 주변적이고 개인적인 일에 의해서입니다.

제가 구와바라 다케오라는 이름을 처음 알게 된 것은 중학교 2학년 때입니다. 제가 열네 살이던 1955년, 평론가 후쿠다 쓰네아리 씨의 《평화론의 진행 방식에 대한 의문》**이

* 프랑스 문학자이자 평론가인 구와바라 다케오를 기념하여 1998년에 제정된 학술상으로, 인문과학 분야의 우수한 서적에 수여한다.

** 전쟁 후 평화 운동을 이끌던 진보 예술인들을 비판한 평론집. 그 후 후쿠다는 거의 모든 문화예술계에서 배척되었다.

라는 책이 나와 논쟁을 불러일으켰을 때 그와 동시에 출간된 구와바라 다케오의《구름 속을 걸으면 안 된다》라는 책이 계기가 되었습니다. 도서관에 그 두 권을 희망도서로 신청했다가 이튿날 상급생과 선생에게 불려가 꾸지람을 들었을 때, 저는 처음으로 구와바라 다케오라는 사람을 알게 되었습니다. 하지만 제가 실제로 영향을 받은 것은 그 후에 읽은《신당시선 속편》(1954년)과《이와나미 소사전 서양문학》,《하루 한 문장》(1956년)이라는 책이었습니다.

《신당시선 속편》을 읽는 동안 구와바라 씨의 문장은 저에게 세련된 말의 세계와 함께 한시의 매력을 알려주었습니다. 물론 지금도 한시는 일본어로 풀어쓴 문장으로밖에 알지 못하지만, 구와바라 씨의 멋진 번역시를 통해 일상의 생활과 이어지는 한시의 매력에 어린 저는 강한 자극을 받았습니다.

《이와나미 소사전 서양문학》은 지금 봐도 독특한 사전입니다. 머리말에 "문예사조나 문학 용어 등의 항목 없이 오로지 문학자들만으로 모든 것을 정리하려고 했다"라고 나와 있듯이, 오로지 읽는 사전, 재미있게 읽을 수 있는 사전이었는데, 제가 처음부터 끝까지 전부 다 읽은 사전은 지금까지 이 사전 하나뿐입니다. 이 사전은 제가 대학에서 문학을 공부하고 싶게 만든 책이고, 또한 문학이란 인간을 이해하는 행위라는 것을 어린 저에게 가르쳐준 책입니다.

또 한 권《하루 한 문장》이라는 책은 역사상에서 그날그날 세상에 일어난 일을 그 당시에 남겨진 말로 간결하게 써 내려간, 이를테면 정신의 캘린더 같은 책인데, 그 책으로 저는 살아 있는 말이 역사를 만든다는 것을 배웠습니다. 예를 들면, 어제 날짜인 7월 13일에는 그날이 기일인 프랑스 작가 제르망 드 스탈의 말이 소개되어 있습니다.

"문학에, 그리고 사고 능력에 큰 중요성을 부여한다는 것은 얼마나 인간적이고 얼마나 유익한 일인가."

1988년에 구와바라 씨가 세상을 떠났을 때, 잡지에 시를 연재하고 있던 저는 그를 애도하며 시 한 편을 지었습니다. 그 시로, 이번에 받은 구와바라 다케오 학예상에 대한 감사를 대신하겠습니다.

구와바라 다케오 (1904~1988)

대단한 척하는 말에는
(또, 또 잘난 척하네)

거들먹거리는 말에는
(멍청하긴. 멍청해서 어이가 없군)

꾸밈없이 말을 해야 한다
뜻은 깊게 말은 얕게

고급인지 아닌지가 아니라 성실한지 아닌지다
존중해야 할 것은 세련됨이 아니라 수수함이다

구름 속을 걸으면 안 된다
언제나 처음에 사람이 있다

새로운 사상을 주장하지 않았다
새로운 태도를 선명히 살았던 사람이다

구와바라 씨는 제게 그런 사람이었습니다.

— 1998년 7월 14일

# 시간 속의 고향

주고쿠 지방이었던 것 같습니다. 초록이 무성한 산속 작은 마을에, 지금은 혼자 살고 있는 할머니의 인생을 언젠가 TV에서 본 적이 있습니다. 벌써 아흔이 다가오는 할머니인데 산 위의 집에서 혼자 밭일을 하며 살고 있습니다. 남편은 오래전에 세상을 떠났고 자식들은 커서 멀리 다른 마을로 가버렸기 때문에 지금은 넓은 집에 혼자 있습니다.

그 할머니의 집에, 같은 마을에 사는 (같은 마을이라도 산 하나를 넘어야 하지만), 역시나 혼자 살고 있는 두 노인이 1년에 한 번씩 찾아옵니다. 할머니 두 명과 할아버지 한 명. 셋 다 나이가 똑같습니다. 세 사람은 그 마을의 소학교 동창들입니다. 이제는 세 사람밖에 남아 있지 않습니다. 그래서 1

년에 한 번씩 모여 셋이서 동창회를 엽니다. 세 사람은 가족보다도 더 오랜 시간을 함께해온 사이인 것입니다.

물론 세 사람은 저마다 빛과 그늘이 있는 인생을 걸어왔습니다. 전쟁이 있었고 고난이 있었습니다. 마을의 생활도 완전히 달라졌습니다. 그 마을에서 한평생 살아왔지만 세 노인에게 그리운 고향은 이제는 완전히 변해버린 지금의 마을이 아닙니다. 그들의 진짜 고향은 어릴 적에 다닌 소학교에서 함께 지내던 시간입니다.

오래전에 시인 다쿠보쿠는 "고향에 있는 산을 마주보고 있으니" 하고 고향의 그리움을 노래했습니다. 무로 사이세는 "고향은 멀리 있어"라고 노래했습니다. 그렇지만 끝도 없는 변화, 계속되는 격변을 거듭한 20세기의 백 년을 지나온 지금, 우리에게 고향은 더 이상 '그곳에 있는' 것도 아니고, '멀리 있는' 것도 아니며, 어느샌가 '어디에도 없는' 것처럼 되어버렸습니다.

그런 의미에서 보면 우리가 고향이라고 말할 수 있는 것은 지나가버린 시간밖에 없다고 할 수도 있을 것 같습니다. 이제 고향이라는 것은 지나가버린 시간의 감촉 같은 것이 아닐까요.

제가 다녔던 소학교와 중학교는 마을 한복판에 있었지만, 지금은 딴 데로 옮겨가 버려, 예전에 학교가 있던 곳에는 몇 번이나 다른 건물이 세워졌다가 이제는 아무것도 없는 빈터로 주차장이 되었다는 소리를 들었습니다. 마음속 고향인 소학교와 중학교는 그때 그곳에서 같은 시간을 함께한 사람들이 서로 나누는 기억 속에밖에 남아 있지 않습니다. 현실에는 아무것도 남아 있지 않습니다. 남아 있는 것은 그저 마음속의 선명한 기억뿐입니다.

메이지 시대인 1882년에 나온 《신체시초(新體詩抄)》라는 시집이 있습니다. 그 머리말에는 "세상은 내 마음의 모습이다. 좋은 일도 나쁜 일도 밖으로 보내 없애라"라는 문구가 실려 있습니다. 그 시집에는 그 시대 사람들에게 널리 사랑받은 시, 영국의 시인 토마스 그레이가 쓴 〈시골 묘지에서 쓴 비가〉*가 실려 있습니다.

산들이 희미해지기 시작할 즈음
종이 울려 퍼지고, 들판의 소 떼는
천천히 걸어서 돌아간다
밭을 가는 이도 이제는 지쳐
드디어 돌아가고, 나만이 홀로
해질녘에 남아 있다

---

* 1751년에 쓰인 시로, 돈도 명예도 얻지 못한 채 땅에 묻히는 서민들에 대한 동정을 애절하게 노래했다.

이렇게 시작되는 시입니다.

이 나라 근대 백 년의 시대는, 그렇게 고향 마을의 묘지에 잠들어 있는 사람들의 생애에 바치는 애도의 노래와 함께 시작된 것입니다. 고향이라는 것은 이제 더 이상 태어난 땅도 자라난 풍경도 아닌, 자신이 살았던 그때의 시간 속에만 남아 있는 것이다. 지난 백 년은 그것을 부정할 수 없는 시대가 아니었을까요.

그때 그곳에서 살았던 시간 말고는 이제 더 이상 우리에게 고향이라는 것은 없습니다. 우리가 살아온 그런 20세기를 되돌아보며, 우리를 지켜준, 그리고 지금도 지켜주고 있는 '시간 속의 고향'이 가지는 의미를 지금 스스로에게 묻는 것, 물어서 확인하는 것이 필요합니다. 그 시간의 무게를 생각해보는 것입니다.

— 1998년 11월 16일

## 기풍의 문제

예를 들어 학교가 학력으로 언급되거나 편차치로 측정되는 등급으로 언급되는 것은 결코 바람직한 일이 아닙니다. 그래서 지금은 학교가 어떻다는 둥 학교에 대해서 함부로 말하지 않게 되었습니다. 다만 그것 때문에 학교에 관한 이야기를 할 때 까맣게 잊고 있는 것이 있습니다.

지금은 학교에 대해서 이야기할 때, 교풍이나 학풍을 말하는 일이 거의 사라졌습니다. 하지만 오랫동안 학교가 가진 매력의 본질은 교풍 또는 학풍이라 불리는 것으로 이루어졌습니다. 다시 말해 학교의 매력을 헤아리는 마음의 척도였던 것이 교풍이고 학풍이었습니다.

학교는 영어로 school이라고 하는데, 스쿨은 원래 학교라는 의미와 함께 학문, 예술 등의 유파, 학파, 학풍이라고 하는 '기풍'을 나타내는 말이기도 합니다. 학교란 본질적으로 그런 기풍에 따라 세워지는 것입니다.

세월이 흘러 학창 시절 추억의 핵심이 되는 것은 젊은 시절 자신이 어떤 기풍 아래서 하루하루를 보내고 자신을 발견했는가 하는 것입니다. 자신이 살던 시대의 공기, 학교의 환경, 거리의 분위기, 개성 넘치는 선생에게서 배운 것, 동급생들, 친구들과 함께 나눈 감정 등, 자신을 키워준 것은 자신이 그 안에서 살았던 기풍입니다.

히로쓰 가즈오라는 작가의 인상적인 회상기가 생각납니다.

히로쓰 가즈오는 메이지 시대에 도쿄에서 태어나 와세다대학 문학부에 입학했습니다. 1909년의 와세다입니다. 영문과에 입학해 쓰보우치 쇼요에게서 버나드 쇼를 배웠습니다. 히로쓰가 입학했을 당시의 와세다대학 문과는 4월에 입학하면 무시험 입학이 가능했습니다. 다만 입학한 후에는 진급시험이 있어 문과라도 화학이나 물리, 기하학 시험까지 치러야 해서 무척 고생을 했습니다.

히로쓰 가즈오는 집이 가난했습니다. 아오야마의 집에서 와세다까지 가려면 시영전철로 갈아타야 하지만, 매일 드는 전철 요금을 집에서 받을 수가 없었습니다. 그래서 아오야마에서 와세다까지 매일 한 시간 반을 걸어서 다녔습니다.

그렇게까지 하면서 다닌 대학이지만 대학 건물은 지독히도 허름한 교실에, 비 오는 날이면 교실에서 책도 읽지 못할 정도로 어두컴컴하고 강의도 재미가 없습니다. 그래도 다들 문학에 푹 빠져 있었다고, 히로쓰 가즈오는 말합니다. 번역서가 없던 러시아 문학을 영문판으로 구해서 열심히 읽었습니다.

히로쓰 가즈오라는 한 사람의 작가를 키운 것은 그 시대의 와세다대학이 가졌던 기풍입니다. 그리고 그런 대학의 기풍은 와세다의 거리다, 라고 말한 사람은 히로쓰 가즈오보다 스무 살이 어린 와세다의 후배 작가 이부세 마스지입니다. 이부세는《와세다대학의 숲》이라는 수필집에, 와세다라는 대학은 마을 안의 숲이라고 쓰기도 했습니다.

학교가 있는 거리는 그 학교의 기풍을 키워냅니다.

교풍, 학풍의 '풍(風)'은 기풍을 뜻합니다. 사물에 대한 판단, 사람에 대한 판단, 또는 회사에 대한 판단, 지역에 대한 판단 등 사람의 생활과 관련된 모든 것에 큰 힘이 되어주었던 것이 기풍입니다. 기풍을 키우고 기풍에 의해 커간다는 것의 소중함을 다시 한번 생각해봅니다.

— 1999년 4월 21일

# 지루함의 연구

오늘날 사람들이 가장 꺼리는 것이라면 아마도 '지루함'일 것입니다.

'지루함'보다 더한 스트레스가 없고 '지루함'보다 더한 불안도 없고 '지루함'이라는 말만큼 사람을 위협하는 말도 없습니다. 이 세상에 '지루함'만큼 사람들이 두려워하는 것도 없는 것 같습니다. 지금 이 시대는 왜 이렇게 '지루함'을 두려워하고 꺼리는 걸까요. 하지만 곰곰이 생각해보면 사실 '지루함'이야말로 만물의 어머니가 아닐까요? '지루함'을 여유로운 시간, 느긋한 시간으로 긍정적으로 받아들일 수 있다면, '지루함' 없이 바쁘고 흥분된 시간만을 바람직하게 여기는 일상의 갑갑함을 깨닫게 됩니다.

지루할 때면 어김없이 제 마음속에 떠오르는 것이 아쿠타가와 류노스케의 문장입니다. 아쿠타가와가 도쿄의 거리에서 중국 전설 속의 인물인 한산과 습득을 본 이야기들이 있습니다.

한 번은 도쿄의 거리에서입니다. 어느 날 스승 나쓰메 소세키를 찾아가 문학론에 대한 논쟁을 벌이다가 선생을 시무룩하게 만든 아쿠타가와가 집을 나와 에도가와의 종점에서 전차를 탑니다. 길 가운데를 달리는 전차입니다. 전차 안은 붐비고, 서서 책을 읽고 있던 아쿠타가와가 문득 창밖을 바라보는데, 두 명의 묘한 남자가 길을 걷고 있습니다. 그러자 옆에 서 있던 골동품상 주인 같은 남자가 "어이구, 또 한산, 습득이 걷고 있네" 하고 중얼거립니다. 분명 그 두 남자는 빗자루를 들고 두루마리를 손에 쥔 채 느릿느릿 걷고 있었습니다.

한산과 습득이 현대의 도쿄 거리를 나란히 걷고 있다니 믿을 수가 없었던 아쿠타가와가 "정말 저 사람들이 그 옛날의 한산과 습득입니까?" 하고 옆 사람에게 물으니, "예. 얼마 전 상업회의소 밖에서도 봤어요" 하는 것입니다. "아아, 전 두 사람 다 오래전에 죽었다고 생각했습니다"라고 하니, "무슨 말씀을요, 안 죽었어요. 저래 봬도 한 사람은 보현보살이고 또 한 사람은 문수보살이랍니다"라는 것입니다. 전차가 움직이기 시작하자, 방금 본 한산과 습득의 묘한 모습이 또 보고 싶어진 아쿠타가와는 뒤를 돌아봅니다. 그리고 그들은 "명랑한 늦가을 햇살 속에서 빗자루를 메고 걷고 있었습니다." (아쿠타가와 류노스케의 단편 〈한산 습득〉)

두 번째 이야기는 해질녘의 히비야 공원에서입니다. 아쿠타가와는 "뭐라 말할 수 없는 피로와 권태가 마음을 무겁게 내리누르는 것을 느끼며" 공원을 걷고 있었습니다. 황혼이 가져온 "가을의 냄새 속에, 고달픔이 쌓인 내 몸을 미련 없이 잠기게 할 수만 있다면……" 하고 생각하며 걷고 있는데, 앞쪽에 묘한 행색의 "두 남자가 조용히 대빗자루를 움직이며 길 위에 환히 흩뿌려진 조릿대 낙엽을 쓸고" 있는 것을 봅니다. 그리고 그 두 사람의 모습을 보면서 아쿠타가와는 또다시 가던 길을 갑니다.

그때 아쿠타가와는 그때까지 느꼈던 피로와 권태 대신, 어느새 "고요한 기쁨이 촉촉하고 어렴풋이" 마음속으로 흘러 퍼지는 듯한 기분을 느끼며 이런 생각을 합니다.

'한산과 습득은 살아 있다. 영겁의 윤회를 거치면서도 오늘도 여전히 이 공원에서 조릿대 낙엽을 쓸고 있다. 저 두 사람이 살아 있는 한, 그리운 옛 동양의 가을의 꿈은 도쿄의 마을에서 완전히 사라지지 않을 것이 분명하다.'

그리고 그것이야말로 삶에 지친 인간을 소생시켜주는 '가을의 꿈'이라고 아쿠타가와는 말합니다. (아쿠타가와 류노스케의 단편 〈동양의 가을〉)

한산과 습득은 중국 당나라 시대의 전설 속 인물들로, 세상의 틀에 얽매이지 않는 삶을 살았던 기인들이었습니다. 한 사람은 늘 대나무 빗자루를 들고, 또 한 사람은 늘 책을 들고 있습니다. 가난하여 옷차림도 식사도 검소했지만, 느긋하고 명랑한 날들을 보냈습니다. 문수보살과 보현보살이 재래한 것으로 여겨졌고, 오래전부터 그림의 소재로도 많이 그려진 인물들입니다. 특히 환히 웃는 얼굴이 무척 인상적입니다.

전설 속의 한산과 습득은 피로와 권태, 분노, 체념으로 가득한 인생의 시간을 '고요한 기쁨'과 '명랑함'으로 바꿀 수 있었던 사람들입니다. 또한 인생이 안고 있는 지루함을 스스로 즐거움으로 바꿀 수 있었던 사람들입니다. 지루함을 즐거워하기는커녕 두려워하게 된 현대 사회에서 사라지게 된 것은 한산과 습득 같은 사람들입니다.

아쿠타가와 류노스케는 지루함을 무척이나 싫어하고 극단적으로 두려워한 사람이었습니다. 누군가와 이야기를 하든, 책을 읽든, 생각을 하든, 글을 쓰든, 산책을 하든, 어떻게든 하루 내내 무언가를 하면서 마음을 움직이지 않으면 견딜 수가 없었던 사람이었습니다. 아쿠타가와는 현대의 풍경 속에 한산과 습득을 되살리려고 했던 사람이었지만, 자신은 그 인생을 자살로 끝마치고 말았습니다. 어떤 의미에서 보면 아쿠타가와를 무너뜨린 것은 참을 수 없는 인생의 지루함입니다.

이야기를 다시 처음으로 돌려보면, 인생의 모습을 정하는 것은 인생의 '지루함'과 사귀는 법이 아닐까요? 그리고 그 '지루함'을 여유롭고 느긋한 시간으로 긍정적으로 받아들여야 하지 않을까요? 마음속 풍경에서 늘 한산과 습득의 웃는 얼굴을 떠올리고 싶습니다. 설령 견딜 수 없는 삶이라 하더라도 말입니다.

— 1999년 8월 27일

먼 곳

ㄴ,

먼

까요. 예를

가 노래하는 '진

지에코는 도쿄에 하늘

진짜 하늘이 보고 싶다고

나는 놀라서 하늘을 쳐다본다.

어린 벚꽃 잎 사이에 있는 것은



"어느새 주변은 푸르스름한 기운이 강해진 새벽녘이 되어 있었다. 별은 아직 모습을 감추지 않고 숫자만 줄어들었다. 하늘은 부드러운 파란빛을 띠고 있었다. 그는 그것이 자애를 품은 색이라고 느꼈다. 산자락의 안개는 걷혀, 산기슭 마을의 등불 빛이 드문드문 보였다. 요나고의 불빛도 보이고, 멀리 요미케하마 바닷가 끝에 있는 사카이미나토의 불빛도 보였다. 일정한 시간을 두고 이따금 강하게 반짝이는 것은 미호노세키의 등대임에 분명했다. 호수 같은 앞바다는 산그늘이 져 있어 아직 어두웠지만, 먼바다 쪽은 이제 수면이 잿빛으로 빛 짝이고 있었다.

새벽녘의 풍경은 무척이나 빨리 변했다. 잠시 후, 그가 를 돌아보았을 때는 산꼭대기 너머로 솟구쳐 오르듯 새벽빛이 떠올랐다."

먼 곳을 바라보는 눈은 지금, 이곳에 있는 것의 한 감각을 예민하게 합니다. 눈을 들어 멀리 볼 종종 그렇게 먼 곳을 봄으로써 자신의 장소, 분명히 하려고 합니다. 그리고 우리가 눈을 며 깨닫는 것은 인간의 진짜 크기입니다.

성장이란 자아를 크게 만드는 것이라 멀리서 보면 자신이라는 인간은, 《암을 빌리자면, "겨자씨만큼이나 작은 것"입니다. 다카무라 고타로의 시 〈천진한 이야기〉에 나오는 '진짜 하늘' 아래의 인간은 작은 존재입니다. 인간에게 자애의 마음을 키워준 것은 그런 인간의 작음에 대한 자각일 것입니다.

《암야행로》에는 먼 곳을 바라보는 어느 찻집의 노인의 모습도 암시적으로 그려져 있습니다.

"여든이 가까운 백발의 노인이 넓은 들판에서 무릎을 끌어안듯이 세우고 앉아, 앞바다부터 요미케하마 바닷가, 미호노세키, 더 나아가 먼바다까지 바라보이는 풍경을 눈앞에 두고 조용히 앉아 있다. 노인은 겐사쿠가 온 것도 모르는 듯 먼 곳을 바라보고 있었다. (……)

이 노인에게 그것은 날마다 보는 풍경일 것이다. 그것을 질리지도 않고 바라보고 있다. 대체 이 노인은 무슨 생각을 하고 있는 것일까. 물론 미래를 생각하고 있지는 않다. 또한 현재를 생각하는 것도 아닐 것이다. 기나긴 일생, 그 기나긴 과거의 온갖 일들을 노인은 떠올리고 있는 것이 아닐까. 아니, 어쩌면 그것조차도 지금은 잊었을 것이다. 노인은 산속의 늙은 나무처럼, 혹은 이끼가 낀 바위처럼, 그저 그 풍경을 앞에 두고 그곳에 놓여 있는 것이다. 그리고 만약 무언가를 생각하고 있다면, 그것은 나무가 생각하고 바위가 생각하는 정도

밖에 생각하고 있지 않을 것이다. 겐사쿠는 그런 기분이 들었다. 그리고 그는 그 고요한 느낌이 부러웠다."

이렇게 먼 곳을 바라보는 눈을 그린 시와 소설이 쓰인 지 6, 70년의 시간이 흘렀습니다. 하지만 지금의 기술 시대에는 가까운 곳을 점점 더 세밀하게 보는 눈은 중시해도 먼 곳을 바라보는 시력은 오히려 떨어진 게 아닌가 하는 생각이 듭니다.

일상이나 여행에서 먼 곳을 바라보는 것이 마음을 넓혀준다는 생각이 이제는 점점 희미해지고 있는 건 아닐까요? 밖에서는 손에 든 휴대폰의 작은 화면을 응시하고, 집에서는 눈앞의 컴퓨터 화면을 꼼짝도 하지 않고 쳐다봅니다. 먼 곳을 바라보는 일이 없어지고 일상의 시야가 좁아지면서, 우리 사회는 눈앞의 일에 얽매이는 성향이 점점 더 심해지고 있는 건 아닐까요?

21세기를 맞이하려는 지금, 우리가 되찾아야 할 것은 넓게 멀리 바라볼 수 있는 시선의 소중함이 아닐까 생각합니다.

— 1999년 12월 3일

# 어휘의 미래

하루하루를 색색으로 꾸며주는 계절과 풍경, 집과 마을, 사람들의 모습과 도구들. 어디를 둘러보든 우리의 일상을 감싸고 있는 환경은 점점 변해왔고 또 앞으로도 계속 변할 것입니다. 변화와 새로움은 시대의 표정을 바꾸는 힘을 가지고 있습니다.

하지만 그렇게 말할 수 있는 것은 눈에 보이는 것에 대해서입니다. 사물의 변화, 형태의 변화, 생활의 변화, 생활방식의 변화 등 눈에 보이는 변화가 우리에게 가져다주는 가장 큰 변화는 사실은 눈에 보이지 않는 것의 변화일 것입니다.

눈에 보이지 않는 것의 변화란, 말하자면 말의 변화입니다. 말의 변화라고 하면 유행어나 젊은 세대가 쓰는 말의 변화라고 생각하기 쉽지만, 그게 아니라, 말만큼 눈에 보이지 않는 것의 변화를 잘 반영하는 것은 없다는 뜻입니다.

아주 평범한, 별것도 아닌 말 같지만, 나 자신이 그것에 의해 살아가는 느낌이 드는 그런 말이 있습니다.

예를 들면 '우듬지'라는 말이 있습니다. 나뭇가지 끝을 뜻하는 말입니다.

"우듬지 사이사이로 새어 나오는 햇살이 길 여기저기에 또 삼나무 줄기에, 촛불로 비춘 듯한 희미한 양지를 만들고 있었다. 길을 걷는 내 머리와 어깨의 그림자가 그 속에 나타났다가 사라지곤 했다. 거기에는 '이렇게 부드러울 수가'라는 생각이 들 만큼 연한 빛이 풀잎에 물들어 있었다. 시험 삼아 지팡이를 들어 햇살에 비춰 보니, 나무 거스러미가 일어난 것까지 또렷이 보였다."

가지이 모토지로의 〈홈통 이야기〉에 나오는 문장입니다.

저는 이 우듬지라는 말이 오늘날 우리의 풍경 속에 없어서는 안 되는 말, 마음속의 풍경을 만드는 말로 존재한다고 생각합니다. 지금의 우리는 평소에 나무를 올려다보지 않게 되었습니다. 제목의 '홈통'이라는 것도 물을 끌어오기 위해 만든 대나무 홈통을 말하지만, 지금은 우리 주변에서 사라져,

그 말에서 느껴지던 정취가 이제는 우리 어휘 안에 남아 있지 않습니다.

또 '물끄러미'라는 말이 있습니다.

"이불 속에서 빠져나와 툇마루로 나간다. 담배에 불을 붙이고 아른거리는 햇살 속에서 천천히 연기를 피워 올린다. 강한 기세로 어린잎을 피워 내고 있는 뜰의 나무와 풀을 물끄러미 바라본다. '나는 지금 살아서, 여기에, 이렇게 있다.' 그런 생각이 더 이상 바랄 것이 없는 행복감이 되어 내 가슴을 죄어온다. 마음과 이어진 것, 눈과 이어진 것, 그 모든 것이 고요한, 하지만 끊어버리기 어려운 애착의 대상이 되는 것도 바로 이런 때다."

오자키 가즈오의 〈아름다운 묘지에서 바라보는 풍경〉 중 한 구절입니다.

'물끄러미 바라본다'라는 고요한 동작에서, 마음과 이어진 것, 눈과 이어진 것에 대한 애착이 생겨난다는 비밀을 담담히 말하고 있습니다. 그런 '물끄러미'라는 동작을 나타내는 말도 오늘날 없어서는 안 되는 말, 마음의 풍경을 만드는 말이라고 생각합니다. 우리는 지금 점점 속도를 내며 살아야 한다는 생각에 쫓겨, '물끄러미 눈앞의 풍경을 바라보는' 습관을 없애고 있지는 않을까요. 게다가 그것이 주는 '행복감'까지 말입니다.

또 하나는 '책'이라는 말입니다.

책이라는 말은 지금도 물론 일상 속의 친숙한 말입니다. 하지만 책이라는 말이 불러일으키는 감정은 이제 더 이상 우리 일상에서 친숙하지 않게 되었습니다.

"그 시절의 책은 읽는 것이었다. 헌책방에는 좋은 책이 있었고, 그것을 찾으러 다니는 것이 즐거움이었다. 본래 책에는 그 냄새라는 것이 있어, 고른 책마다 거기에는 그 책의 냄새가 배어 있다. 그중에 한 권을 손에 넣는다는 것은 그 냄새를 가지고 돌아가는 것과 같았다."

이것은 요시다 겐이치의 《도쿄의 옛날》 중 한 구절입니다.

활자라는 글자에는 냄새가 있었습니다. 신문에는 신문의 말의 냄새, 사전에는 사전의 활자의 냄새가 있었습니다. 말은 의미만으로 이루어진 것이 아니어서, 그 글자에는 먹 냄새, 잉크 냄새 또 종이의 감촉과 멋이 있었습니다. 책을 손에 들고 읽는다는 것은 그런 감촉을 익히는 것이기도 했습니다. 그런데 그런 '책'이라는 말이 이제는 더 이상, 없어서는 안 되는 말, 마음의 풍경을 만드는 말로 친숙한 감각을 불러일으키지 않게 되었습니다.

주변에 있는 많은 것을 끌어모으는 것이 말의 본질입니다. 풍경을 모으고, 감정을 모으고, 시간을 모으고, 비전을 모으고, 사람을 모으고, 기억을 모읍니다. 그런 말을 내 안에 얼마만큼 갖고 있는지가 넓은 가슴, 넉넉한 마음을 만듭니다.

그렇게 어휘를 계속 더듬어 나가다 보면, 거기서 보이는 것은 우리 일상의 마음속 풍경입니다. 지금의 말은 일회용이 되어버린 것 같습니다. 말을 쓰고 버린다는 것은 마음을 쓰고 버린다는 것입니다. 지금은 마음도 일회용이 되어버린 건 아닐까요.

물건은 풍요로워졌지만, 반대로 어휘는 빈곤해졌습니다. 그 때문에 우리가 오랫동안 다양한 말에서 얻어온, 마음의 넓이와 음영과 풍요와 깊이가 깎여, 우리 일상의 모습이 좁고 답답해진다면 문제일 것입니다.

말이 공허하면, 사람도 공허합니다. 어휘라는 것은 마음이라는 지갑 안에 자신이 쓸 수 있는 말을 얼마만큼 넉넉히 갖고 있는가 하는 것입니다. 그 말에 의해, 내가 지금 여기에, 존재한다는 것이 생생히 느껴지는 것입니다. 그런 말을 우리는 얼마만큼 갖고 있을까요. 지금 우리 각자의 일상에 절실히 필요한 것은 그런 말의 모습인 것 같습니다.

— 2000년 3월 3일

## 타산지석

'타산지석'이라는 말이 있습니다. 이 시대에도 잘 통하는 말입니다. 그런데 언제부터인가 이런 한자 성어나 속담 같은 말로 서로의 생각을 전하기가 어려워지게 된 것 같습니다.

'타산지석'이란 말은 원래 중국의 고전에서 비롯된 말로, 나쁜 돌이라도 자신의 옥돌을 가는 데 쓸 수 있다는 뜻입니다. 다른 사람의 실패에서 더 잘 배워야 한다는 말입니다.

속담에는 사람들 사이에 전해 내려온 인생의 지혜, 인생의 판단이 담겨 있습니다. 힘든 상황을 앞에 두고 할 말도 잃은 때 손에 꼭 붙잡은 나뭇가지처럼 나를 지켜줄 수 있는 말, 그렇게 말해도 좋을 것입니다. 또는 세상에 분노할 때, 손에 꼭 쥐고 있는 조약돌 같은 말이기도 한 것이 속담입니다.

옛말인데도 현대적인 의미를 가진 말들이 있습니다. 예를 들어 "자식은 삼계(三界)의 족쇄." 촌철살인이랄 수밖에 없는 말입니다. 또는 "다스림은 다언(多言)에 있지 않다." 다스림이란 정치입니다. 다시 말해, 정치란 말을 많이 하는 것이 아니다, 라는 뜻입니다. 교육에 관한 것도 있습니다. "가르침은 배움의 중간." 지당한 말입니다. "손가락 아끼려다 손 잃는다." 작은 실수를 무마하려다 이러지도 저러지도 못한다는 뜻입니다. 우리가 사건이라고 말하는 대부분이 그렇습니다.

20세기가 시작되었을 무렵, 제가 좋아하는 작가 중 하나인 고다 로한은 이런 말을 한 적이 있습니다.

"장어의 머리나 뼈만 먹는 것 같은 겉핥기식 교육이 아니라, 맛없는 생선이라도 좋으니 머리나 뼈가 아닌 살코기를 먹는 것이 교육이다. 말하자면, 실생활에서 공허한 시간을 보내지 않는 습관을 가지는 것이 어떨까."

그러면서 이렇게 덧붙입니다.

"그런 습관이 없기 때문에 실생활에서 공허한 인간이 많아지고 있다. 그 공허함 위에 온갖 근사한 생각과 감정의 궁궐을 세워 올리고 있다. 이것이 요즘 세상의 실상이다."

"이 수많은 공허한 사람들이 고객이 되면 상품은 저절로 견실함을 잃게 된다. 이 수많은 공허한 사람들을 상대하게 되면 공업은 불친절해진다. 실생활에서 공허한 사람이 고객이 되면 겉모습만 번지르르하고 실질이 나쁜 상품도 배척받지 않는다. 사회의 모든 불량함과 불선(不善)함은 여기서 비롯된다."

그러면서 로한은 걱정스럽게 말합니다.

"실생활에서 공허한 사람이 점점 늘고 있는 것이 아닐까. 빈 술통이 굴러가듯 세월을 보내는 것도 좋겠지만, 그러다가 한번은 예상치도 못한 텅 빈 골짜기에 떨어지지는 않을까 걱정스럽다. 바라건대, 우리가 조금은 실생활에서 공허하지 않은 삶을 살았으면 좋겠다. 너도나도 고블랭 자수*니 세브르 자기**니 하는 말은 알아도, 자신이 입고 있는 것의 이름도 모르고, 자기 손에 든 찻잔이 좋은지 나쁜지도 모르는 것이 지금의 사람들이다."

"큰 것을 안다. 넓은 것을 안다. 훌륭하다. 우아하다. 그렇지만" 하고 로한은 말합니다. "설탕 가게 앞을 자동차로 달린다면 달콤한 맛을 알 수가 없다. 실생활에서 공허한 시간을 보내면 생각도 감정도 발 디딜 곳이 없다."

20세기가 막 시작되었을 때 로한의 이러한 걱정은 20세기

---

* 프랑스의 왕립공장으로 인가된 고블랭 공장에서 만들어진 태피스트리.

** 프랑스의 세브르 국립자기공장에서 만들어진 자기 제품.

의 마지막 해가 된 지금도 여전히 변하지 않은 근심으로 남아 있습니다. '어제는 내일의 거울'이라는 말이 있습니다. 옛것, 과거의 것을 내일을 위한 '타산지석'으로 삼는 것. 그것이 역사라는 것이고, 역사가 주는 생각하는 힘이라고 생각합니다. 우리를 수직으로 연결하는 커뮤니케이션이 우리 한 사람 한 사람에게 역사인 것입니다.

인생을 이해한다는 것은 인생에 대한 시점을 선택하는 것, 자신이 서 있는 위치를 선택한다는 것입니다. 끝도 없이 수평으로만 뻗어가는 커뮤니케이션이 압도적으로 늘고 있는 지금 같은 지식의 시대에 필요한 것은 '실생활에서 공허하지 않도록' 살아가는 데 필요한 지식을 쌓아온 말입니다.

새로움을 찾는 지식, 즐거움을 추구하고 싶은 지식과는 달리, 타산지석으로서의 역사가 수직으로 전해주는 것은 스스로 삶의 방식을 찾는 데에 도움을 주는 지혜라고 생각합니다. 그런 지혜가 사람들 속에서 키워온 것은 각각의 시대에, 각각의 인생을 몇 번이고 겪어온 '실생활'의 발밑을 비추는 생각, 발밑의 철학의 말입니다.

오로지 수평으로만 뻗어가기를 바라는 지금 같은 지식의 시대에, 사람의 모습을 수직으로 바로잡아주는 지혜가 우리에게 필요한 것이 아닐까요.

— 2000년 7월 19일

## 긴 하루의 끝에

러시아의 작가 체호프가《세 자매》라는 희곡을 쓴 것은 지금으로부터 백 년 전입니다. 체호프가 후대의 사람들을 향해 그 희곡 속에 남긴 것은 마음을 강하게 울리는 말입니다. 그것은 답이 없는 물음의 말이었습니다.

예를 들면, 등장인물 중 한 사람은 이렇게 말합니다.

"2백 년, 3백 년 후의 지상의 생활은 상상도 할 수 없을 만큼 멋지고 놀랍겠지. 인간은 그런 생활이 필요하기 때문에, 설령 지금은 그것이 없다고 해도, 그것을 예감하고, 기다리고, 꿈꾸고, 준비해야 해. 그렇기 때문에 인간은 할아버지와 아버지가 보고 깨달았던 것보다 더 많은 걸 보고 깨달아야 해."

그리고 또 다른 인물은 이렇게 말합니다.

"다음 세상의 사람들은 열기구를 타고 하늘을 날 수 있게 되겠지요. 옷 모양도 바뀔 거예요. 어쩌면 제6감이라는 것이 발견되어 그걸 발달시킬지도 몰라요. 하지만 천 년이 흐른다 해도 인간은 여전히 '아아, 산다는 건 괴로워!' 하고 탄식하면서도, 지금과 똑같이 죽음을 두려워하고, 죽고 싶어 하지 않을 거예요."

그러자 세 자매 중 한 명이 말합니다.

"이렇게 살아 있으면서도 왜 학이 날아가는지, 왜 아기가 태어나는지, 왜 별은 하늘에 떠 있는지, 그런 것들을 모르고 살아간다니……. 무엇을 위해 사는지, 그걸 알아야 해요. 그렇지 않으면 모든 게 부질없고 허무해져 버릴 거예요."

그리고 막이 끝날 때, 체호프는 유명한 메시지를 남깁니다.

"조금만 더 시간이 흐르면 우리가 무엇 때문에 사는지, 무엇 때문에 괴로워하는지 알 수 있을 것 같은데……. 그걸 알 수만 있다면, 그걸 알 수만 있다면!"

그 후로 백 년의 시간이 흘렀습니다. 체호프는 1904년에 세상을 떠났습니다.《세 자매》의 작가가 살았던 때는 세계대전도, 제국의 쇠퇴도, 혁명도, 숙청도, 강제수용소도, 상대성 원리도, 비행기도, 우주비행도, 또한 라디오나 TV, 레코드도, 컴퓨터도, 당연히 없었던 시대입니다.

하지만 그 후 20세기가 경험한 모든 실패와 성공을 거쳐온 지금에 와서 뒤돌아보면, "무엇을 위해 사는지, 그걸 알아야 해요", "그걸 알 수만 있다면, 그걸 알 수만 있다면!" 하고 체호프가 남긴 절실한 물음은 지금도 여전히 답이 없는 채 우리 눈앞에 놓여 있는 것 같습니다.

백 년이 하루 같다, 라는 말이 있습니다. 20세기라는 기나긴 하루가 끝나가려고 합니다. 그 기나긴 하루의 마지막에, 답이 없는 물음과 늘 마주해왔던 지난 백 년의 시대를 떠나보내는 시 두 편을 전합니다.

한 편은 올해 2000년 가을에 세상을 떠난 웨일스의 시인 R. S. 토마스의 시입니다. 몇 번이나 노벨 문학상 후보로 거론되던 시인으로 영국 국교회의 목사이기도 했던 이 웨일스의 시인이 태어난 때는 20세기의 제1차 세계대전이 일어나기 전날 밤이었습니다. 그가 지은 〈애석하게도(Sorry)〉라는 시를 보내드립니다.

친애하는 부모님에게.
당신들이 이 칙칙한 마을에
나를 낳은 것을 탓할 생각은 없습니다.
그 마음은 옳았으니까요.
지금 지나가고 있는 그 마을길에는

아직도 환한 햇살이 남아 있습니다.

버클로 뼈를 옥죄었기 때문은 아닙니다.
당신들은 내가 튼튼하게 자랄 수 있도록
나에게 충분한 음식을 내주었습니다.
자라나는 나를 구부리고 꺾은 것은
마음의 무게(mind's weight)였습니다.

당신들이 나빴던 것이 아닙니다.
멀리 날아가버려야 했던 것이,
확실한 활에서 확실한 과녁을 향해
날아간 화살이, 거꾸로 되돌아온 것입니다.
똑바로 가야 했던 활이 구부러지고 휘어졌던 것입니다.
당신들의 시대에는 없었던, 온갖 의문들 때문에.

20세기를 살던 아이들은 성장과 함께 터무니없는 '마음의 무게'를 짊어져야 했습니다.

다음은 제가 쓴 시입니다. R. S. 토마스가 1차 세계대전 발발 전날 밤에 태어났다면, 제가 태어난 때는 20세기의 두 번째 대전, 제2차 세계대전이 시작된 해였습니다. 〈Passing By〉라는 시입니다.

결국, 소소한 것이다.
지금 여기에 있다고 하는
감각이 전부인 것이다.
어디에도 비밀 같은 건 없다.

사람은 죽는다.
아기가 태어난다.
사람의 역사는 그것뿐이다.
그렇게, 이 백 년이 지나가는 것이다.
아무 일도 없었던 것처럼.

이 시 두 편의 말을 작은 꽃다발로 만들어 이 백 년의 시대를 떠나보내고 싶습니다.

— 2000년 12월 25일

## 사용법의 철학

지금까지 우리 사회의 활력을 만들어온 것이 무엇이었을까 돌이켜보니, 무언가를 '얻는 것'이 늘 우리에게 활력을 주었다는 생각이 듭니다.

지식을 얻다. 기술을 얻다. 직업을 얻다. 지위를 얻다. 재산을 얻다. 무언가를 얻는 것, 즉 희망과 성공을 얻고 행복을 얻는 것이 우리의 활력소를 이루는 변함없는 삶의 철학이 아닐까요.

그런데 그렇게 고생하고 노력해서 희망과 성공과 행복이라는 '언덕 위 구름'을 얻지만, 그것을 얻는 순간, 뻔히 보면서도 그 성과를 '언덕 밑 구덩이'로 떨어뜨려버리곤 합니다. 그리고 그에 대한 어설픈 뒤처리 또한 우리 사회는 종종 되풀이해왔습니다.

왜 그런 일이 되풀이되는 걸까요.

'얻기'의 철학을 열심히 좇아서 우리는 고생과 고민을 거듭하며 사회의 풍요로움을 쌓아 올립니다. 그런데 그 풍요로움을 무너뜨린 것은 그렇게 손에 넣은 것을 어떻게 사용할 것인가, 즉 '사용법'의 철학의 빈곤, 결핍이었다고 생각합니다.

'얻는다'라는 것이 사회적 달성을 의미하게 된 것은 아마도 메이지 시대 이후 근대의 가치관에서 그 원인을 찾을 수 있을 것 같습니다. 사이고 다카모리는 '얻는다'라는 것이 풍요로움을 증명하는 것이라는 사고방식을 꾸짖으며, "자손을 위해 좋은 밭을 사지 마라"라는 유명한 말을 남겼습니다.

에도 시대의 막을 내리고 메이지의 새 세상을 이끈 사람 중 하나인 사이고는 마음을 울리는 한시를 지었던 시인이기도 했습니다. "자손을 위해 좋은 밭을 사지 마라"라는 말도 사이고의 〈감회〉라는 한시의 한 행입니다.

자손을 위해 재산을 남기지 않겠다. 그렇게 단언한 사이고가 손에 넣은 것은 '숲과 샘' 다시 말해 자연입니다. 자신이 살 집을 샀을 때 사이고가 지은 한시의 두 행입니다.

명예를 다투고 이익을 바라는 것은 내 마음에 없다
천금을 던져버리고 숲과 샘을 살 것이다

돈을 벌어 재산을 얻는 것도, 높은 지위를 얻고 명예를 얻는 것도 나는 원하지 않았다. 내가 한 일은 그저 가진 돈을 전부 털어 자연 그 자체를 산 것이다. 사이고가 시에 새긴 것은 그런 마음입니다.

명예나 이익이 목적이 아니라 자신의 시간을 얻는 것, 그것이 진짜 '얻는 것'이라는 생각이 지금 우리에게서 멀어진 것 같습니다. 우리가 잃어버린 것은, 좋은 시간, 자유로운 시간, 나의 시간을 '얻는 것'이 사회의 풍요로움이다, 라는 가치관입니다.

시간이란 얻는 것이 전부가 아닙니다. 간직할 수도 모아둘 수도 없는 것이기에, 잘 쓰지 않으면 헛되이 끝나버리는 것이 시간입니다. 얻었지만 사용법은 아무래도 상관없었다, 그러다가 전부 잘못 써버렸다. 예를 들면 '얻기'의 철학밖에 없던 버블 경제가 초래한 것은 '사용법'의 철학의 결여를 상징하는 듯한 불량채권이었습니다.

우리 사회를 상처 입힌 것은 '언덕 위 구름'을 바라고 온 힘을 다해 얻은 것을 어처구니없이 잘못된 '사용법'으로 '언덕 밑 구덩이'로 떨어뜨려버린 역사입니다. 오늘날 널리 퍼진 시대의 폐쇄, 사회 공기의 정체된 느낌은 '더, 더 많이 얻는' 철학을 이제는 기대할 수 없게 된 실망감에서가 아니라, 여전히 '사용법'의 철학을 찾지 못한 데서 비롯된 것이 아닐까요.

돈의 사용법부터 말의 사용법, 시간의 사용법, 인생의 사용법까지, 잘못된 '사용법'이 서로의 마음을 거칠게 만들고 있는 것 같습니다. 사이고 다카모리는 이런 말도 남겼습니다.

"사람은 배불리 먹고 따뜻하게 입으면 그때까지 단단했던 본래의 마음을 잃어버리는 법이다."

사이고가 말한 '배불리 먹고 따뜻하게 입는' 세상이 되어서 필요해진 것은 '더 많이 얻는' 삶의 방식과는 다른, 저마다의 삶의 방식입니다. 오로지 얻기만 하는 문화에서 사용법의 철학을 가진 문화로 가치관이 바뀌어야 합니다. 지금 이 시대는 무엇보다 '사용법'의 철학이 필요한 시대입니다.

— 2001년 3월 14일

## '장(場)'을 만든다

'장'이라는 말이 있습니다. 중요한 상황을 나타내는 말로, 인간관계에서 필요한 시간이나 공간을 가리키는 말로 쓰여 왔습니다.

입장, 현장, 작업장, 시장, 직장, 등장, 퇴장, 수라장, 만남의 장, 화합의 장.

'장'이라는 말은 사람들 간의 커뮤니케이션의 모습을 나타냅니다. 사물을 끌어당기는 자기력이 작용하는 '장'을 '자장'이라고 하듯이, 사람과 사람의 관계, 교류가 있는 곳이 '장'입니다.

지금은 거의 사라졌지만 예전에 토론 소설, 좌담 소설이라고 하는, 토론과 좌담의 내용이 스토리를 이루는 문학이 주는 즐거움이 있었습니다. 그중에 이시카와 다쿠보쿠의《우리와 그》라는 소설이 있습니다.

메이지 시대가 끝나갈 무렵 스물일곱 살에 세상을 떠난 다쿠보쿠가 후세에 남긴 유작이《우리와 그》라는 작품입니다. 거기서 인상적인 장면은 '우리와 그'가 같은 '장소'에서 토론을 주고받으며 마음을 넓혀가는 광경입니다.

'우리'는 신문사의 사회부 사원들입니다. 신문사에서는 회의가 열립니다. 하지만 '우리'는 회의 때만 되면 묘하게 다들 침묵만 지키고 있을 뿐입니다. 토론이라고는 하지만 출근 시간 엄수 같은 이야기뿐입니다. '그'도 같은 사회부 기자이지만, 회의 때 입을 여는 일이 없습니다. 눈에 띄지 않지만 어딘가 범상치 않은 데가 있어, 평소에도 누가 무슨 말을 하면 불쑥 끼어들어 분위기를 깨버리고, 남에게 절대 마음을 열지 않습니다.

그러던 어느 날 밤, 나는 집에 가는 길에 술이나 한잔하자고 불쑥 그에게 권합니다. 그러다 밤이 늦어 그가 내 집에 묵게 됩니다. 그 후로 그는 '우리' 안으로 들어오게 되고, 마음을 터놓고 토론하게 되면서 그의 태도가 달라집니다.

"눈에 띄는 것은 그 뒤로 다카하시(그의 이름)가 왠지 모르게 유쾌해졌다는 것이다. 어디가 어떻게 달라졌다고 똑 부러지게 말할 수는 없지만 (게다가 그 정도로 감정을 표현하는 사람도 아니었다), 예전처럼 혼자 천장을 바라보며 생각에 잠겨 있을 때도 얼굴 어딘가에 삶의 의욕이 생긴 듯한 표정이 감추어져 있었다."

이렇게 '그'와 '우리'가 '장소'를 함께하는 모습을 보면서 제가 깨달은 것이 있습니다. 하나는 그의 토론 자세입니다. 그는 언제나 벌렁 드러누워 이야기를 합니다. 회의를 하는데 누워서 이야기하는 경우는 없습니다. 하지만 그렇게 할 수 있는 '장소'가 그가 마음을 열 수 있는 '장소'였습니다.

또 하나는 그의 토론 방법입니다. 언젠가 한번은 그의 태도에 화가 난 내가 "자넨 도대체가 절대로 남에게 속을 보여주지 않는군" 하고 말하자, 그가 조용히 말합니다.

"속? 속이란 게 뭐지? 어디에 속이 있는 거지? 자네는 자네 마음속이 이렇다고 나한테 보여줄 수 있나? 사람은 좀 친해지면 종종 마음을 터놓는다고 하지. 하지만 그냥 마음을 비우고 그 말을 들어봐. 그저 비밀스러운 이야기거나 편견이거나 공상일 뿐이지. 난 그런 건 질색이야."

그리고 그는 자신의 신조는 "이렇게 해야 한다가 아니라 이렇게 되어야 한다"라고 말합니다.

사람과 사람 사이에 언제나 필요한 것은 무엇이 옳은지, 무엇이 그른지가 아닙니다. '지금 우리가 함께 있는 이곳'이 서로에게 좋은 '장소'인가 하는 것입니다.

오늘날, 개혁이 필요하다고 말하는 여러 문제는 사실 전부 '장소'의 문제입니다. 개혁이란 언제나 '장소'의 개혁이기 때문입니다.

가정의 문제는 가정이 각자에게 맞는 '장소'가 되어 있는지의 문제입니다. 교육의 문제는 교육이 각자에게 맞는 '장소'가 되어 있는지의 문제입니다. 마을의 문제, 지역의 문제는 마을과 지역이 우리 모두에게 즐거운 '장소'가 되어 있는지의 문제입니다.

오늘날 우리가 가진 대부분의 문제는 그런 '장소'의 사상이 사라져, 모든 것을 계획 없이 닥치는 대로 하는 데서 오는 것이 아닐까요?

다쿠보쿠는 신문기자의 삶을 이렇게 쓰고 있습니다.

"우리 신문기자의 생활만큼 분주하고 서두르는 것은 없다. 우리는 늘 보통 사람보다 하루씩 빨리 늙어간다. 남들이 오늘이라고 하는 곳을 우리는 어제라고 쓴다. 내일이라고 하는 곳을 우리는 오늘이라고 말한다. 아침에 일어나서 가장 먼저 우리 머릿속에 떠오르는 것은 어떻게 내일의 신문을 만들 것인가이지 어떻게 오늘 하루를 완성할 것인가가 아니다. 우리의 생활은 오로지 내일의 준비이다."

그렇게 우리의 생활은 하루씩 빨리 달려가기만 할 뿐이라고 했습니다. 그것이《우리와 그》라는 소설에서 다쿠보쿠가 그린 이 나라의 모습입니다. 그리고 그런 분주하고 서두르는 '오늘'의 모습은 지금도 변함이 없습니다.

'장'이 열린 '장'이 아니면 폐쇄감만이 남게 됩니다. '폐쇄감'은 어디에도 갈 곳이 없는 기분을 말합니다.

지금 우리에게는 꼭 필요한 장소가 사라진 것은 아닐까요. '장'의 사상을 되찾아야 합니다. 장소를 만들지 않으면 미래도 없기 때문입니다.

— 2001년 5월 29일

## ‘명사(名詞)’의 문제

명사란 우리에게 다른 말로 대체할 수 없는 아주 중요한 말입니다. 그런데 그 중요한 말인 명사에 지금까지 보지 못한 변화가 일어나고 있는 것 같습니다.

그 말이 아니면 안 되는 것을 말로 표현하는 것이 본래 명사라는 말이 가지는 힘입니다. 마치 자신의 이름이라는 명사가 없으면 그 존재도 없는 것처럼 말입니다.

‘이름이 몸을 나타낸다’라는 말이 있듯이, 이름, 즉 명사라는 것은 실체를 가진 확실함을 느끼게 해주는 말입니다. 명사를 들으면 그 명사가 무엇을 나타내는지 분명히 느껴집니다. 그렇게 명사라는 말은 믿을 수 있는 말이었습니다.

그런데 그렇게 다른 말로 대체할 수 없는 말이어야 하는 명사가 지금은 달라졌습니다. 명사가 꼭 분명함을 느끼게 하는 말이 아니게 된 것입니다.

외래어의 명사. 알파벳의 첫 글자를 따와서 만든 명사. 약자로 만들어진 명사. 또 고개를 갸웃하게 하는 상품명도 늘어났습니다. 들어서 알 수 있고, 보아서 알 수 있는 명사라고 할 수 없는 명사가 생활의 풍경이나 마을의 공기를 완전히 바꿔버린 일도 적지 않습니다.

제가 사는 동네 역 앞에 늘 있었던 은행은 합병인지 뭔지로 지난 10년 동안 이름이 네 번이나 바뀌다가 끝내 그 지점이 없어지면서 은행의 명사 그 자체가 역 앞에서 사라졌습니다. 경제 행위의 결과로 명사가 변경되고 소멸되는 일이 아무렇지도 않게 일어나고, 그런 것이 전혀 이상하지 않게 되었습니다.

'수국'이라고 하면 꽃 이름이라는 것을 압니다. 그런데 '하이드랜지어'라고 하면 뭘 말하는 건지 잘 알 수 없습니다. 하이드랜지어는 서양 수국의 이름입니다. '버베나'도 그렇습니다. 버베나는 평소 우리 주변에서 흔히 볼 수 있는 꽃이지만, 버베나라는 말을 들어도 그것이 버들마편초라는 꽃이라는 것은, 지식이 없으면 알 수 없습니다.

명사는 원래 지명하는 말, 이름을 대는 말입니다. 그런데 지명 같은 것도 그 유래를 알 수 없는 말이 부쩍 늘어나고,

사람의 직함, 대학의 학과 같은 것도 그저 기호가 되어버렸습니다. 그 말을 들어도 금방 알 수 없는 명사가 넘쳐나고, 억지로 끼워 맞춰 만든 사람의 이름도 점점 늘고 있는 것이 이제는 일상이 되었는지도 모릅니다.

명사가 분명함을 주는 것은 명사란 우리의 사회적 경험을 한데 모으는 힘을 가진 말이기 때문입니다. 거꾸로 말하면, 사회적인 경험을 한데 모을 수 없으면, 설령 누군가가 강제한다 해도 사회적인 힘을 가질 수 없고 버려지고 잊히게 됩니다. 그런 불량채권이 되어버린 명사가 지금은 많이 있습니다.

명사라는 말에 무척 까다로웠던 작가 이부세 마스지가 쓴 〈아스나로 나무〉라는 수필의 한 문장이 떠오릅니다.

이부세의 고향에 있는 후쿠야마 성(城)은 전부 '아스나로(나한백나무)'로 지어졌는데 3백 년이 넘는 세월이 지나도 나뭇결이 깨끗하고 생나무 냄새가 났습니다. 이부세는 나한백을 사랑하게 됩니다. 특히 이와테 현에 있는 주손지 절이 850년의 풍상을 겪고도 나한백으로 지어진 덕분에 거의 풍화되지 않았다는 것을 알게 되고 나서 작가는 더더욱 나한백을 사랑하게 됩니다.

그러던 어느 날, 나한백으로 뒤덮인 숲을 보고 싶은 마음이 절실해진 이부세는 드디어 아오모리 현에서, 온 산이 나한백으로 울창하게 뒤덮인 숲을 만나게 됩니다. 그것은 꼬박

하루를 걸어도 끝이 보이지 않을 것 같은 거대한 삼림으로, 이부세는 깊은 산속 나한백 숲에서 느껴지는 '차가운 숲 기운'과 마주칩니다. 1950년대의 이야기입니다.

그때 숲을 안내해준 사람이 '아스나로'라는 이 나무의 이름은 도호쿠 지방에서는 '히노키'로, 호쿠리쿠 지방에서는 '아테' 또는 '구마사키'로, 기소 지방에서는 '아스히'라는 이름으로 불린다고 가르쳐줍니다. 이 '아스나로'라는 나무에는 재미있는 전설이 있습니다. 원래 이 나무는 이름이 없었습니다. 어느 날, 이 나무는 자기가 소나무나 삼나무보다 더 멋지다고 우쭐댔습니다. 그래서 다른 나무들이 "그러는 넌 무슨 나무인데?" 하고 따져 물으니, "난 내일 히노키가 될 거야" 라고 대답했다는 전설입니다.*

나한백의 잎은 편백의 잎을 여덟 배 정도 넓힌 것처럼 생겼습니다. 측백나무와도 비슷하게 생겼습니다. 하지만 측백나무는 기껏해야 2미터 정도의 작은 나무이지만, 나한백은 수령 3백 년쯤 되면 30미터까지도 자랍니다. 그러던 어느 날, 이부세는 고슈의 덴진 고개에서 20미터가 넘는, 측백나무치고는 보기 드물게 큰 나무를 봅니다. "이렇게 큰 측백나무는

* 원래 이름이 없던 아스나로는 히노키(편백나무)를 닮았지만 키도 작고 냄새가 난다는 이유로 히노키보다 못하다고 여겨졌다. 그래서 늘 내일은 히노키가 되겠다는 꿈을 꾸며 "난 내일(아스) 히노키가 될 거야(나로)"라고 말했다고 한다. 그래서 이 나무의 이름이 '아스나로'가 되었다는 전설이다.

이제 곧 도깨비가 되겠군요" 하고 숯장이에게 말하니, "도깨비가 되는 건 오래된 동백나무예요. 그 나무는 '난자몬자'라고 부르는데*, 분지 사람들이 표지로 삼는 나무이지요" 하고 가르쳐줍니다. 그런데 나중에 엔잔의 어느 절에서 본 '난자몬자'라는 나무는 그것과는 달리 잎이 매우 가늘고 작은 나무였다고 이부세는 말합니다. 그러면서 이부세는 "이름을 모르는 나무는 그냥 '난자몬자'라고 부르는 풍습이 있나 보구나" 라고 쓰고 있습니다.

여기서 이부세가 말하고자 하는 것은, 나무의 이름이 얼마나 그 땅과 그 땅의 일상에 뿌리 내린 표지의 말인가 하는 것입니다. 뭐든지 억지로 이름 붙이지 않고, '아스나로'나 '난자몬자'처럼 모르는 것은 모르는 대로 두며 일상에서 소중히 간직하는 마음이 지금은 사라졌습니다.

지금은 뭐든지 이름을 지어 붙여, 오히려 말이라는 숲의 '차가운 숲 기운'이 명사라는 말에서 사라져버렸습니다. 그리고 더 이상 '이름이 몸을 나타내지 않게' 되었습니다. 지금의 그런 명사의 모습이 우리 마음에 던지는 그늘과 일그러짐, 마음의 어둠을 조금 더 자각하고 싶습니다.

— 2001년 8월 24일

* 난자몬자는 '이건 뭐야?'라는 뜻의 말이다. 어느 지역에서 보기 드물고 잘 모르는 나무가 있으면 그 지역 사람들이 '난자몬자 나무'라고 불렀다고 한다.

## 그림책을 읽자

그림책이라는 책을 생각해봅니다. 어린이책이라고 하면, 어릴 적에 읽는 책이 어린이책이라고 생각할 때가 있습니다. 그래서 어린이책, 특히 그림책은 추억의 책이라고 이야기하곤 합니다. 새 책을 읽을 때조차 이 책이 나중에 좋은 추억으로 남을지 아닐지를 생각하기도 합니다.

하지만 조금 별나긴 해도 그림책은 별나다기보다는 오히려 책의 원형이라고도 할 수 있는 책입니다. 저는 지금 열네 권의 그림책을 직접 고르고 번역해 '시인이 보내는 그림책'이라는 시리즈로 내고 있습니다. 이 시리즈를 내면서 그림책이라는 책을 통해 책이라는 문화가 만들어온 소중한 것을 새삼 느끼고 있습니다. 또한 책이란 무엇인지를 느끼고 생각하게 하는 책이 바로 그림책이라는 것을 생각합니다.

그림책은 첫째, 말(글자)과 그림으로 이루어져 있습니다. 다시 말해, 말과 그림의 대화로 이루어진 책입니다. 독백이 기본인 어른의 책과는 달리, 그림책은 대화가 본질인 책입니다.

둘째, 색깔이 있는 책입니다. 색 자체에 의미가 있고 확장성이 있다는 것을 보여주는 책입니다. 그림책이란 하늘의 색, 구름의 색이 책이 말하고 싶어 하는 전부를 말해주는 책입니다. 설령 검은색 하나뿐이라고 해도 그림자의 아름다움, 거미줄을 그린 선의 아름다움이 있습니다. 그림책에서 색은 말입니다.

또한 그림책은 독특한 형태를 갖고 있습니다. 큰 책, 작은 책, 세로로 긴 책, 가로로 긴 책, 하나하나 딱 정해진 형태가 없습니다. 오히려 형태를 만들어내어 마음속에 형태를 전해주는 책이 그림책이라고 해도 좋을 것 같습니다.

읽는 법도 그렇습니다. 보는 책, 읽는 책, 말없이 읽는 책, 소리 내어 읽는 책, 스스로에게 읽어주는 책, 남에게 읽어주는 책이기도 합니다. 나이에 따라, 경험에 따라, 상황에 따라, 다양하게 이해할 수 있는 것이 그림책이라는 책입니다.

그렇게 생각하면 그림책이란, 책이라는 것 자체에 의미가 있는 책입니다. 어떤 형태로 나오든 책은 책이다, 그런 식의 어른의 책과는 다른 것이 그림책입니다. '그 책'이 아니면 안 되는 책, 그것이 그림책이라는 책이고, 그림책이 가진 매력과 재미는 바로 거기에 있습니다.

예를 들면, '어디에도 없는 곳', 이것은 그림책에서 아주 중요한 것입니다. 조금 전에 말한 '시인이 보내는 그림책' 시리즈 중에《밤에 하늘을 날다》라는 그림책이 있습니다. 그 그림책의 세계는 꿈속이고, 현실 '어디에도 없는 곳'입니다. '어디에도 없는 곳', 그런 상상력이 펼쳐지는 장소를 만들어내는 것이 그림책이라는 책입니다.

그리고 등장인물입니다. 그림책의 세계에는 왜 '도깨비'나 '괴물' 같은 '어디에도 없는 것'이 나오는 걸까요? '여기에 없는 사람', '여기에 없는 또 한 사람'이 있는 것이 그림책의 세계입니다. 형태를 갖지 않는 것의 존재에 의해 더 풍요로워지는 세계가 있습니다. 제가《숲의 그림책》이라는 그림책을 썼을 때 주인공은 형태가 없는 목소리였습니다.

'눈을 감고 사물을 보는 것'의 소중함. 눈을 감고 있는 편이 더 선명히 보일 때가 있습니다.《아주 작은 개 치키티토》나《한밤중 톰의 정원에서》등을 쓴 어린이책 작가 필리파 피어스는 "소중한 것은 가만히 지켜보다가 눈을 감으면 더한층 선명히 보이는 것"이라고 했습니다.

그림책의 풍경은 현실의 풍경이 아닙니다. 현실을 가만히 지켜보다가 눈을 감으면 그때부터 보이는 풍경입니다.

우리는 그림책에서 무엇을 얻을 수 있을까요. 또 무엇을 할 수 있을까요. 이런 생각을 할 때 《메리 포핀스》의 작가 트래버스의 말이 떠오릅니다. 무시무시한 가위손 남자가 나오기도 하고, 살아 있는 아이가 잉크병 안에 빠져 죽기도 하는 동화책을 보면서 어린 트래버스가 배운 것은 '죽음'이었습니다.

'죽음'이라는 것은 개념입니다. 인간을 인간답게 만드는 것이 개념이 가진 힘이고, 그런 개념을 아이들에게 전하는 것이 어른들의 일입니다.

그림책의 가장 큰 특징은 그것이 '건네주는' 책이라는 것입니다. 왜냐하면 그림책이 우리에게 주는 것은 이 세계를 즐기는 법이라기보다는 이 세계를 읽는 법이기 때문입니다. 그림책이란 누군가에게 '건네주는 것', '보내주는 책'이라는 것을 다시 생각하고 싶습니다. 누가, 누구에게, 어떤 식으로, 책을 보내주고 건네줄지를 말입니다.

지금 그림책이 가장 필요한 사람은 어쩌면 아이보다 어른이 아닐까요. 아이들이여 그림책을 읽자, 라고 할 것이 아니라, 어른들이여 그림책을 읽자, 라고 말하고 싶습니다. 지금 어른들이 아이들에게 건네주고 싶은 것, 하지만 자신들은 이미 잃어버린 소중한 것을 되찾고 싶다면, 한 권의 그림책을 펼치는 것부터 시작하는 것이 가장 좋을지도 모릅니다.

— 2002년 2월 8일

## 한 권의 책

어릴 때 읽은 이야기 중에 작가 우노 고지가 쓴 〈왕의 탄식〉이라는 동화가 있습니다. 17년 만에 훌륭한 역사책을 완성시킨 페르시아의 고독한 대역사가의 슬픈 생애를 그린 이야기로, 제가 읽은 것은 1927년 일본에서 처음으로 출간된 문학전집인《현대일본문학전집》의《소년문학집》에 실린 것입니다.

페르시아에서 가장 뛰어난 학자가 어느 날 왕에게 불려가 이런 부탁을 받습니다. 이 나라에는 아직 위대한 역사책이 없다, 역대의 왕들이 전쟁에서 승리하고 마을을 번성하게 하였고 또 백성들 중에도 훌륭한 삶을 살았던 사람들이 많다, 하지만 그런 일들을 기록한 역사책이 없다는 것은 유감이다,

그러니 위대한 역사책을 써달라, 사례는 아끼지 않겠다, 온 힘을 다해서 써주기를 바란다, 라고 왕이 요청한 것입니다.

왕의 말을 믿고 집으로 돌아간 역사가는 문을 걸어 잠근 채 밤이고 낮이고 밥 먹는 시간까지 아껴가며 혼신의 힘을 다해 역사책을 써 내려갑니다. 그리고 17년이 흘러, 드디어 위대한 역사책이 완성됩니다. 그런데 완성된 책을 받은 왕은 약속한 사례를 금화가 아니라 훨씬 싼 은화로 지불하고는 모른 척 시치미를 뗍니다.

왕의 비겁한 태도에 화가 난 역사가는 받은 은화 전부를 17년 동안 자신을 도와준 사람들에게 나눠주고, 도시를 떠나 고향 마을로 내려갔습니다. 그리고 소박한 생활에 만족하며 남은 생을 보냅니다. 한편, 왕은 어느 날 사람들이 부르는 아름다운 노래를 듣다가 그 노래의 훌륭한 노랫말에 깜짝 놀랍니다.

그것은 역사가가 17년에 걸쳐 완성한 역사책을 노래한 서사시였습니다. 자신의 어리석음을 부끄럽게 여긴 왕은 말과 낙타와 보물을 먼 고향 마을에서 살아가는 고독한 역사가에게 보냅니다. 하지만 산더미 같은 보물을 싣고 떠난 왕의 사신 일행이 대역사가의 고향집 서쪽 문으로 들어선 그때, 조용한 피리 소리와 함께 대역사가의 관이 동쪽 문을 통해 나가고 있었다는 이야기입니다.

위대한 역사책과 슬픔 말고는 아무것도 남기지 않았던 이 대역사가 피르두시의 삶을 그린 동화는 아이인 내게 강한 인상을 남겼습니다.

열 살도 되기 전에 읽은 그 동화가 제 마음속에서 되살아난 것은 그 후로 오랜 시간이 흐른 뒤였습니다. 그때까지 저는 그 동화의 주인공인 대역사가가, 작가인 우노 고지가 만들어낸 가공의 인물이라고만 생각했습니다. 그런데 어느 날, 전혀 다른 책에서 그 역사가를 다시 만나게 된 것입니다. 독일 시인 하이네의 걸작 시집《로만체로》에서였습니다.

〈시인 피르두시〉는 역사상의 인물들을 서사시로 쓴 하이네의 서사 시집《로만체로》중 한 편으로, 우노 고지는 이 하이네의 시를 거의 그대로 살려 멋지게 동화로 개작한 것입니다. 우노 고지는 와세대대학 시절 하이네의 시에 깊이 끌렸다고 하는데, 그가 쓴 동화의 유래가 된 이 하이네의 시도 사실은《페르시아 시인전》에 실린 글을 하이네가 서사시로 새롭게 쓴 것이었습니다.《페르시아 시인전》은 아루디라는 페르시아 사람이 독일에서 낸 책으로, 시인 피르두시의 일화를 후세에 전한 책이었습니다.

위대한 역사책이 완성되기까지의 세월을 하이네는 장미가 열일곱 번 꽃을 피우는 동안이라고 노래했고, 우노 고지는 벚꽃이 열일곱 번 피는 동안이라고 했지만,《페르시아 시인

전》에는 그 두 배인 35년이 걸렸다고 나와 있습니다.

동화 〈왕의 탄식〉에는 피르두시가 남긴 위대한 역사책을 이렇게 말하고 있습니다.

"그 책은 온전히 남아 있습니다. 그러니까 피르두시가 얼마나 열심히 공들여 썼는지, 얼마나 훌륭한 책인지는, 지금 그 책을 읽어보아도 알 수 있습니다."

피르두시는 10~11세기에 실존했던 페르시아의 시성이자 대역사가입니다. 페르시아에서 역사가는 시인이었고, 시인은 역사를 전하는 사람이었습니다.

피르두시가 남긴 위대한 민족 서사시 《샤나메》는 지금 일본에서도 《왕서(王書)》라는 번역서로 읽을 수 있습니다. 걸작이란 바로 이런 책이라고 생각하는데, 피르두시가 남긴 이 위대한 역사책을 제가 실제로 읽게 되기까지는 우노 고지의 동화를 읽고 나서 거의 50년이 흐른 뒤였습니다.

피르두시를 읽고 있으면, 지금의 이란이라는 나라도 전혀 다르게 느껴집니다. 태양과 달 아래의 나라, 불의 가르침을 따르는 조로아스터의 나라인 페르시아, 신화와 영웅들의 이야기가 들려주는 그 나라의 약 천 년 전 모습은 20세기 말 과격한 이슬람 원리주의 혁명을 따르는 일원적인 나라와는 전혀 다릅니다. 이야기 속에 흐르고 있는 것은, 이 세상에서 중요한 것은 사람이 사람으로서 살아가는 것이다, 라고 말하는 대역사가이자 시인인 피르두시의 한없이 맑은 시선입니다. 그는 이렇게 말합니다.

"이 세상의 지배자는 '시간'이니, 그대가 왕이든 노예든 시간이 그대의 목숨을 앗아갈 때, 모든 슬픔과 기쁨은 꿈처럼 또는 물처럼 사라져갈 것이다. 그러니 왕이든 노예든 좋은 추억을 남기는 사람이야말로 행복한 사람이다."

한 권의 책이 사람에게 남기는 것은 링크, 연결입니다. 한 권의 책에서 또 한 권의 책으로, 하나의 말에서 또 하나의 말로, 때로는 국경을 넘어서 링크, 연결을 낳는 책이 있습니다. 마음의 그물코가 되어서 사람의 기억을 이어주는 말이 있습니다.

읽고 끝나는 것이 아니라, 읽고 나서부터 시작되는 책이 있습니다. 뒤돌아보니 그곳이 입구였던 책이 있습니다. 〈왕의 탄식〉은 저에게 그런 책이었습니다. 그리고 책과 독서의 본질은 그런 것이라고 가르쳐준 책이었습니다. 사람의 마음을 머무르게 해주는 그런 책의 이야기, 그것이 제가 여기서 말하고 싶은 것입니다.

— 2002년 6월 18일

## 책과 친해지는 습관

독서란 책을 읽는 것이라고 생각합니다. 책을 읽고, 무슨 말을 하고 있는지, 어떻게 받아들여야 할지 제대로 정리할 수 있어야 비로소 책을 읽은 것이고, 독서란 그렇게 책 속의 내용을 끄집어내는 것이라고 생각하기 쉽습니다.

하지만 독서를 그렇게 생각하고 느끼는 것이야말로 아이들을 책 읽기로부터 떼어놓는 게 아닐까요. 저는 독서란 그저 책을 읽는 것이 아니라고 생각합니다. 독서란 단순히 책을 읽는 것이 아니라, 책과 친해지는 습관이기 때문입니다.

책은 읽지 않아도 아무 문제도 없고, 읽고 이해할 수 없어도 괜찮습니다. 독서의 원점이 되는 것은 아무튼 자신의 일상 속에 책 한 권이 있다, 책이 없으면 놓아둔다, 라는 것입니다. 어쨌든 그곳에 책이 있다는 것에서부터 독서라는 경험이 시작됩니다.

독서라는 경험이 남겨주는 것은 내용을 아는지 모르는지, 이해했는지 아닌지가 아니라, 그곳에 책이 있다, 책이 있었다, 라는 하루하루의 기억이자 감각입니다.

예를 들면, 독서가 남겨준 하루하루의 기억을 그린 그림이 있습니다. 19세기 말, 프랑스의 인상파 화가 베르트 모리조가 그린 《책 읽는 소녀》라는 그림입니다. 이 그림이 전해주는 것은 그곳에 책이 있다, 그곳에 소녀의 시간이 응축되어 있다, 라는 밝고 분명한 감각입니다. 정물의 대상으로서의 책이 아니라, 손에 쥐어진 책이 그려져 있습니다. 책은 사람의 마음을 움직이는 것이다, 라는 것을 잘 보여주고 있습니다.

또 하나는 그로부터 약 백 년 후, 그림책 작가 모리스 샌닥이 그린 그림입니다. 샌닥이 그린 그림도 그곳에 놓여 있는, 마음을 움직이는 책의 정경입니다. 악어도 원숭이도 소년도 사자도, 책을 읽고 있다기보다는 거울처럼 책을 손에 들고 있습니다. 책이란 자신의 마음속을 들여다보는 거울이라고, 샌닥의 그림이 말해주고 있는 것 같습니다.

그곳에 책이 있다는 것은 자신의 마음을 비춰주는 거울을 손에 들고 있다는 것이기도 합니다. 거꾸로 말하면, 그곳에 책이 없다는 것은 내 마음을 비춰주는 거울이 내게는 없다는 것입니다. 나 자신을 볼 수 없다는 뜻이기도 합니다.

나카노 시게하루라는 작가의 《배꽃》이라는 책이 있습니다. 백여 년 전인 20세기 초, 한 아이에게 세상이 어떻게 비쳤는지 생생히 들려주는 작품입니다. 후쿠이 현 어느 마을에 사는 한 아이의 이야기로, 그 아이에게 무엇과도 바꿀 수 없는 경험, 즉 책과 친해지는 경험에 대해 이야기합니다.

주인공인 료헤이라는 아이는 작가 자신입니다. 아이는 책을 읽는 동안 자신이 모르는 것을 만나고, 모른다는 것의 소중함을 계속해서 경험합니다. 모르겠다, 정말 모르겠다, 그런데 재미있다. 책을 읽으며 느끼는 그런 기분을 아이의 마음속에 키워주는 것이 책과 친해지는 경험이라는 것입니다.

예를 들면, 아이는 어느 날 중학교에 입학한 형이 보내준 잡지에서 아리모토 호스이라는 사람의 시를 읽습니다. 거기에는 다케히사 유메지라는 사람이 그린 삽화도 실려 있습니다.

"아리모토 호스이의 시에는 내가 모르는 말도 있었다. 하지만 모르면서도 읽으면 왠지 기분이 좋았다.

'감색 웃옷을 입은 제비'

'히로시게의 하늘, 감색의 바다'

'히로시게의 하늘'이라는 것도 무슨 말인지는 몰랐지만, 그보다는 감색 팔 토시, 감색 각반, 감색 앞치마처럼, 늘 평범하고 시골스러운 색이라고만 생각했던 그 감색이라는 색이, 이렇게 들으니 전혀 다른 색처럼 느껴지는 것이 료헤이에게는 너무나 유쾌했다. 왜 그런 걸까."

그곳에 책이 있었다, 그 책 속에서 이런 말과 이렇게 만났다, 라는 기억을 책이 남겨줍니다. 책과 친해지는 습관은 그런 일상의 기억을 만들어주었습니다.

지금은 책을 읽지 않는 시대라고 합니다. 하지만 그 말은 모든 사람이 책을 읽지 않는다는 것과는 다르다고 생각합니다. 그게 아니라, 책을 읽는다는 것에 대한 사회적인 믿음이 사라지고 있다는 말이 아닐까요.

"모르겠다. 하지만 기분이 좋다." 그렇게 포용력을 키우는 것이 독서의 본모습이라는 것을 잃어버린 게 아닐까요.

책을 펼친다는 것은 마음을 닫는 것이 아니라 여는 것입니다. 지금, 내 눈길이 닿는 곳에, 또는 내 손 안에, 어떤 책이 있는가. 그것을 스스로에게 묻는 것에서부터 독서가 시작됩니다. 우리는 그렇게 책과 친해지는 습관을 통해, 말을 소중히 한다는 것, 책을 읽는다는 것에 대한 믿음을 스스로 얻어왔습니다. 그리고 앞으로도 얻고 싶은 것이 제 바람입니다.

— 2002년 10월 28일

## 나만의 사전을 만든다

지금은 커뮤니케이션 방법이 정말 풍부하고 다양해졌습니다. 그만큼 서로를 연결하는 커뮤니케이션의 모습도 더 다양해지고 복잡해져, 서로의 의사 전달 방법, 감정의 표현 방법도 많이 달라졌지만, 서로를 이어줘야 할 커뮤니케이션은 오히려 서로를 멀리하고 다르게 만들었습니다.

요즘은 공통의 말을 공유한다는 것이 어려워져 서로 모르는 말이 많아졌습니다. 또 반대로, 모든 사람이 다 아는 말이라도 그 말의 의미, 그 말에 의해 이해되는 것이 누구에게나 똑같은 것은 아니어서, 서로가 공유할 수 없는 말도 많아졌습니다.

지금은 5월입니다. 하지만 '5월'이라는 말이 누구에게나 똑

같은 의미를 갖는 것은 아닙니다.

5월은 단오절이 있는 달입니다. 단오절은 '가시와 떡'이라는 떡을 먹는 날입니다. 그런데 가시와 떡은 왜 떡갈나무 잎으로 싸서 먹는 걸까요? 또 5월에는 어린이날이 있습니다. 어린이날이라 하면 맨 먼저 무엇이 떠오르나요? 어른들은 어린이날에 어떤 추억이 있을까요? 5월에는 어버이날도 있습니다. 어버이날은 카네이션의 날이기도 하듯이, 5월은 꽃의 달입니다.

5월의 아름다움을 대표하는 꽃은 무엇일까요? 라일락일까요? 라일락은 프랑스어로 릴라라고 부르는데, 여러분에게 그 꽃의 이름은 라일락인가요, 릴라인가요. 이름 그대로 5월의 꽃이라는 의미인 메이플라워는 산사나무꽃을 가리키지만, 영국에서 북미대륙으로 처음 이주해온 사람들을 태웠던 배의 이름이기도 합니다.

작가 모리 오가이는 1904년 5월, 러일전쟁 때 육군 군의관으로 만주에 부임합니다. 그러고 나서 1년 후인 이듬해 5월에, 오가이가 아내에게 보낸 편지가 있습니다.

"이곳은 지금 봄의 초순과 중순이 함께 찾아온 듯하오. 복숭아꽃, 살구꽃, 오얏꽃이 너도나도 다 같이 피었소.

갑자기 날이 따뜻해져 오늘 오후에는 말 위에서도 땀이 날 정도였소. 그래서 풀꽃이며 꽃나무가 다들 한꺼번에 피었다오. 하지만 여기는 바다도 벚꽃도 없구려. 이곳에 가장 많은 건 살구꽃이오. 또 붉은 꽃이 한가득 피어 있는 곳은 정말이지 아름답소. 들에는 할미꽃이라고 하는 보라색 꽃이 가장 많이 피어 있소."

그리고 오가이는 "편지에 꽃 같은 걸 넣어 보내면 바보 같다고 하겠구려. 하하하하" 하면서도 편지에 그 할미꽃 한 송이를 넣어 보냅니다. 또 일주일 후의 편지에는 이런 말을 합니다. "살구꽃이 비에 다 져버려서 들판이 새파랗게 질려버렸다오. 이제 곧 여름이 될 것 같소."

오가이에게 5월은 이렇게 꽃으로 가득한 달이지만, 그때 5월 말은 바다에서 일본과 러시아가 해전을 벌이고 있을 때이기도 했습니다.

5월의 시인이라면 기노시타 모쿠타로가 생각납니다. 모쿠타로에게 5월은 "제비가 찾아왔다가 다시 떠나는 달"이고, "버즘나무의 어린잎이 떨리는 달"이며, "채소 가게에 비파 열매가 나와 있고, 점심 밥상에 가지 된장구이, 오이무침이 올라오는 달"이기도 합니다.

그리고 또 한 사람의 시인, 데라야마 슈지가 있습니다.

스무 살, 나는 5월에 태어났다
나는 나뭇잎을 밟고, 어린 나무들을 불러본다

지금에서야 나는, 나의 계절의 입구에서
수줍어하며, 새들에게
손을 흔들어본다
스무 살, 나는 5월에 태어났다

데라야마 슈지에게 5월은 '탄생'의 달입니다. 하지만 그가 실제로 태어난 때는 한겨울인 12월입니다. 대지 위 생명의 탄생을 알리는 봄이 시작되는 5월에, 스무 살의 시인으로 새로 태어난 '나'를 노래한 것이 이 〈5월의 시〉입니다.

또 저에게 잊을 수 없는 것은 마쓰오 바쇼의 5월입니다. 저는 후쿠시마에서 태어났는데, 《오쿠로 가는 길》*에서 바쇼가 후쿠시마에 묵었을 때가 5월입니다. 저에게 5월이란 "날이 새면 시노부** 마을로 간다"라는 바쇼의 문장을 떠올리며 고향을 그리워하는 달입니다.

'5월'을 사전에서 찾아보면 "1년 중 다섯 번째 달"이라는 말뿐입니다. 하지만 '5월'이라는 이 짧은 말 하나에도 이렇게 저마다의 다양한 의미와 뉘앙스가 담겨 있습니다.

말이란 하나의 정해진 의미만 담고 있는 것이 아닙니다. 수

* 1689년에 마쓰오 바쇼가 150일 동안 전국을 돌며 여행한 기록을 하이쿠와 함께 남긴 기행문.
** 후쿠시마에 있는 마을.

많은 사람들의 다양한 기억이나 행동, 사건이나 감정이 한데 겹치는 장소가 하나하나의 말입니다.

오늘날은 소통이 부족한 시대라고 하지만, 정작 부족한 것은 소통이 아니라 말입니다. 커뮤니케이션을 풍요롭게 하기 위해서는 말을 풍요롭게 해야 합니다. 하나하나의 말을 소중히 합니다. 그리고 그 말을 질문하고, 찾아보고, 의문을 갖고, 확인하면서 자신만의 사전을 만들어가는 것에서 커뮤니케이션이 시작된다고 생각합니다.

우리는 자신을 풍요롭게 만드는, 나만의 사전을 가지고 있을까요?

— 2003년 5월 5일

## 말은 커뮤니케이션의 기초

'교(巧)'라는 글자가 있습니다. '교'는 좋은 말입니다. 예를 들어, 장인이나 명장을 말할 때 솜씨가 '정교'하다고 합니다. 또 '아름다운 것을 만드는 기술'이라는 의미의 '기교'라는 말이 있습니다. 즉, 손을 능숙하게 쓰는 것이 '기교'입니다.

그런데 '교'라는 말이 '손'이 아니라 '말'과 연결되면 좋지 않은 의미로 변해버립니다. 사람이 사람을 속이는 사건이 일어날 때, '교묘한 말'이라는 표현을 씁니다. 교묘한 말로 부추기다, 꼬드기다, 팔아넘기다, 속이다 등등. 이렇게 '교'라는 글자는 말과 연결되면 좋지 않은 의미로 변합니다. 왜 '솜씨 좋은 말'은 믿을 수 없게 느껴지는 걸까요?

말은 본래 커뮤니케이션의 가장 중요한 부분을 이루는 것입니다. 그런데 우리 사회는 오히려 말이란 충분히 믿지 못할 것이라 여겨, 말을 잘 사용하는 태도를 키우려고 하지 않았습니다. 말을 쉽게 믿지 않는다는 것은 좋은 태도입니다. 그런 태도에서 건전한 회의적 정신이 만들어지기 때문입니다.

하지만 말을 점점 믿지 않게 된 결과, 말을 잘 사용하지 않는 것이 아니라 잘 사용할 수 없게 된 것은 아닐까요? 예뻐, 좋아, 귀찮아, 짜증 나, 이렇게 고작 몇 개의 말만으로 최대한 자신을 표현하고 전달하게 되었습니다.

사회는 풍요로워졌지만, 말은 오히려 가난해졌습니다. 말의 빈곤을 낳는 것, 그리고 말의 빈곤이 낳는 것은 우리에게 필요한 타자의 결여입니다. 우리의 어휘에는 '자신'이라는 말은 있어도 '타신'이라는 말은 없습니다. '타인'이라는 말, 즉 자신과 단절된 존재를 나타내는 말이 있을 뿐입니다. 반대로, 자신과 똑같은 존재를 나타내는 말은 '친구'입니다. 그런 친구 사이에는 말 같은 건 필요 없습니다.

거기서 태어난 것이 지금의 독백 사회입니다. 독백이란 모놀로그, 혼잣말입니다. 풍요로운 사회의 문명과 기술이 가져다준 것은 '혼자'인 모습입니다. 우리 사회는 '혼자'인 모습이 점점 더 늘어가는 사회입니다. 함께 있어도 '혼자'입니다. 고령화되고 인구는 줄어듭니다. 은둔형 외톨이, 오타쿠. 홈리스. 독신. 이별. 이 모든 것이 '혼자'인 사회의 표정입니다.

'친숙한 것', '늘 있던 것'이 사라진 동네. 편의점이나 패스트푸드점 같은 가게에서 말은 더 이상 사람과 사람을 이어주지 않게 되었습니다. 그리고 이메일이나 인터넷이 가져다준 것은 독백의 커뮤니케이션입니다.

독백의 말이란 말하자면 일방통행의 말, 저편에서 일방적으로 다가오는 말입니다. 예를 들어 매뉴얼에 쓰여 있는 말은 그런 독백의 말의 일종입니다.

하지만 말이란 표현된 말과 표현할 수 없는 말로 이루어진 것입니다. 그리고 표현할 수 없는 말에 크고 깊은 의미가 담겨 있습니다. '만감이 밀려온다.' '말로 표현할 수 없다.' '뭐라고 해야 할지 모르겠다.'

공담(空談), 청담(清談), 한담(閑談)을 즐기는 능력. 그런 말을 통해 전해지는 마음이 나에게 필요한 타자를 만들어온 것입니다.

언젠가 저는 '독백'과 대비되는 '복백(複白)'의 필요에 대해 말한 적이 있습니다. '독백'이 모놀로그라면 '복백'은 다이얼로그입니다. '복백'은 좋은 말이라고 생각합니다. 오늘날 우리가 되찾아야 할 것은 '복백', 즉 상대방이 있는 커뮤니케이션이 아닐까요? 우리에게 필요한 것은 말을 믿을 수 있는 것으로 만들어주는 그런 말의 모습입니다.

— 2003년 7월 23일

## 번역시의 즐거움

요즘은 외국의 시를 읽을 기회가 적어졌습니다. 예전에는 그렇지 않았습니다.

오래전에는 중국의 시를 일본어로 풀어 읽으며 즐겼고, 메이지 시대에는 서양의 번역시를 즐겨 읽고는 했습니다. 그런 것들이 시적 감수성을 키워준 것 중의 하나였습니다.

우에다 빈이 번역한 유럽의 시집들, 그리고 나쓰메 소세키, 모리 오가이, 나가이 가후, 다카무라 고타로, 아리시마 다케오, 사토 하루오, 호리구치 다이가쿠, 니시와키 준자부로, 또 이부세 마스지, 고바야시 히데오, 후카세 모토히로 등이 번역한 많은 시들도 그런 시대의 기억을 남겨놓았습니다.

세상 모두가 평화롭구나

해도 저물어라 종도 울려라
세월은 흘러라 나는 남는다

다시 찾았다,
무엇을, 영원을,
바다와 함께 녹아드는 태양을.

4월은 잔혹하기 그지없는 달이다

이런 번역시의 기억은 자신의 감수성을 모국어로서 확실하게, 선명하게 만들어주었습니다. 루바이야트 같은 옛 시대의 시인부터 카바피스, 링엘나츠, 가르시아 로르카, 프레베르까지, 생생한 말로 번역된 외국의 시들은 모국어의 표현에 새로운 감각을 가져다주었습니다.

외국의 시는 그 나라의 말로 읽어야 한다고도 하지만, 전해질 것은 반드시 전해진다는 것이 시가 가진 성질입니다. 외국의 영화, 예를 들어 조지아나 터키의 영화를 자막을 통해 보면서 그 말을 몰라도 우리가 감동하듯이 말입니다.

월트 휘트먼은 시가 자아내는 느낌을 이렇게 시로 나타냈습니다. 휘트먼을 사랑했던 작가 아리시마 다케오가 1918년에 번역한 문장으로 그의 시를 읽어보겠습니다.

나 홀로 갈망하며 생각에 잠긴 이 순간,

이웃 땅에도 다른 사람이 있어, 갈망하며 생각에 잠겨 있을 것만 같다.

독일에도, 이탈리아에도, 프랑스에도, 스페인에도, 멀리 바라보면 그런 사람을 찾을 수 있을 것만 같다 — 어쩌면 더 멀리, 중국에도, 러시아에도, 인도에도 — 이국의 언어를 말하면서.

내가 만약 그 사람들을 알 수 있다면, 나는 분명 내 나라의 사람을 대하듯 그들을 생각하리라.

우리는 형제이자 연인과 다름이 없는 것이다.

그들과 함께 있는 것은 행복과 다름이 없는 것이다.

번역시가 주는 즐거움에는 독특한 밝음이 있습니다. 원래의 시가 가진 이미지의 힘과 더불어, 그 시를 번역한다는 것은 무엇보다 애착이기 때문입니다. 그렇기 때문에 번역시는 본질적으로, 공감의 장을 만들어내는 시도이기도 합니다.

그런데 지금은 외국의 번역시, 그것도 동시대의 시를 번역으로 읽을 기회는 오히려 줄어들고 있습니다. 예를 들면 이런 시인들이 있습니다. 비센떼 알레익산드레, 오디세우스 엘리티스, 체스와프 미워시, 야로슬라프 사이페르트, 조지프 브로드스키, 데릭 월컷, 셰이머스 히니, 비스와바 쉼보르스카. 이 시인들은 최근 25년 사이에 노벨 문학상을 받은 시인이지만 이들의 시를 번역시로 읽을 기회는 많지 않습니다.

동시대의 좋은 외국 시와 가까워지는 일이 사라진다는 것은 우리에게 결코 바람직한 일이 아닙니다. 시란 본래 다른 문화, 다른 전통의 깊이에 다다를 수 있는 통로가 되기 때문입니다. 그리고 세계로 통하는 길을 열고 미지의 사람들을 만나게 해준다는 것에 번역시의 즐거움이 있습니다.

1차 세계대전에서 전사한 윌프레드 오웬이라는 영국의 시인이 있습니다.

한낱 병사로 젊은 나이에 세상을 떠난 그는 많은 시를 남기지는 않았지만, 그의 시를 읽으면 전쟁이란 어떤 것인지 새삼 느끼고 생각하게 됩니다. 오웬이 쓴 〈이상한 만남(Strange Meeting)〉이라는 시가 있습니다. 영국의 작곡가 벤저민 브리튼은 이 시를 바탕으로 《전쟁 레퀴엠》이라는 오라토리오를 작곡했고, 작가 오오카 쇼헤이는 이 시를 초석으로 하여 《레이테 전기(戰記)》를 썼습니다. 오웬의 시 〈이상한 만남〉을 제가 번역한 것으로 읽어보겠습니다.

왠지 나는 그 전장을 빠져나온 것 같았다. 수많은 거대한 전쟁 탓에

아치 모양으로 깎인 화강암의, 오래전에 파인

지긋지긋한 터널 속 깊이, 나는 들어갔다.

그곳에도 신음하며 누워 있는 자들로 가득했다.

생각에 잠긴 건지, 숨이 끊긴 건지, 꼼짝도 하지 않는다.

찬찬히 보니, 한 사람이 몸을 일으키며, 힘겨운 듯 두 손을

축복하듯 들어 올린다. 그는 슬프게도 나를 알아차리고,

똑바로 나를 쳐다보았다. 그리고 나는

그의 미소를 보고, 음침한 장소에 와 있다는 것을 알았다.

그의 죽음의 미소를 보고, 지옥에 와 있다는 것을 알았다.

그 눈부신 얼굴은 천 개의 고통으로 일그러져 있었지만,

땅 위를 흐르던 피는, 그곳에는 한 방울도 흐르지 않았다.

포성도 들리지 않고, 신음도 여기까지는 전해지지 않는다.

나는 말했다. "이름 모를 친구여, 여기선 슬퍼하지 않아도 된다네."

그는 말했다. "슬퍼할 이유는 아무것도 없어, 살아내지 못한 세월과 절망 말고는."

그대의 희망이 어떤 희망이었든,

희망은 나의 인생에도 있었다.

나는 이 세상의 가장 자연스러운 아름다움을 원하는 대

로 마음껏 쫓아다녔다.

여인의 눈동자와 갈래머리 속에 조용히 깃든 아름다움은 아니었다.

나는 한없이 흘러가는 시간을 비웃었고,

슬퍼할 때는, 이곳에서보다 훨씬 더 풍요롭게 슬퍼했다.

내가 기뻐할 때, 많은 이들이 함께 웃었고,

내가 눈물 흘릴 때, 그곳에는 무언가가 남았다.

그것도 이제는 사라져야만 하겠지.

말할 수 없었던 진실을, 나는 말하고 있는 것이다.

전쟁의 가련함, 전쟁이 남긴 가련함이다.

다들 우리가 때려눕힌 것에 만족해하겠지.

만족할 수 없다면, 스스로 날뛰며 죽어가겠지.

다들 암호랑이처럼 날렵하게 나아가고, 누구도 낙오하지 않겠지,

설령 자신의 나라가 진보의 밖으로 비틀대며 벗어난다 하더라도.

용기는 나의 것이었다. 나는 신비로운 힘을 가지고 있었다.

지혜는 나의 것이었다. 나는 자제의 힘을 가지고 있었다.

그래서 나는 방호벽 없는 마지막 텅 빈 기지로 후퇴했고,

이 세상의 길고도 괴로운 행군에서 벗어날 수 있었다.

머지않아 많은 피가 모두의 전차 바퀴를 더럽힌다면,

나는 이곳에서 나가, 깨끗한 샘물로 피를 씻어주리라,
더럽혀질 수 없을 만큼 깊은 곳에 있는 진실로.
내가 가진 마음을 아낌없이 쏟아부으리라,
상처 탓도 아니고, 전쟁의 과세 때문도 아니다.
모두의 이마는, 상처도 없는데, 피가 흐르고 있었다.
친구여, 나는 그대가 죽인 그대의 적이다.
이 암흑 속에서도, 나는 바로 그대를 알아보았다.
어제 나를 찔러 죽였을 때도, 그대는 지금과 똑같이 일그러진 얼굴이었으니까.
나는 피하려 했지만, 얼어붙은 손을, 어찌할 수가 없었다.
자, 우리 함께 잠들자……

(윌프레드 오웬의 미완의 시, 1918년)

외국어로 쓰인 시를 번역해서 읽으며 깨닫는 것은, 시는 전달할 것을 전달한다, 시는 국경을 넘는다, 시는 서로 알지 못하는 사람과 사람을, 이 시처럼 적조차도 친구로 만들어버린다, 라는 것입니다. 세상의 모든 이들을 그립게 만드는 것. 번역시가 주는 소중한 감정은 거기에 있다고 생각합니다.

— 2003년 9월 16일

## ‘바라보기’의 소중함

온천의 노천탕. 노천탕이 가진 특별한 매력 중의 하나는 바라다보이는 아름다운 풍경입니다. 산속의 시골 풍경. 흐르는 계곡물의 풍경. 멀리 산자락의 풍경. 별이 쏟아지는 밤하늘의 풍경. 또는 드넓게 펼쳐진 바다의 풍경.

몸에 아무것도 걸치지 않고 자연 그대로의 모습이 되는 노천탕 같은 공간은 그런 의미에서 ‘바라보는’ 시간, ‘바라보는’ 태도를 되찾을 수 있는 장소 중 하나였습니다.

‘바라보기’는 하루하루의 시간 속에 늘 필요했고, 지금도 변함없이 필요한 것입니다. 그것은 예를 들면 전망대에서 바라보는 풍경, 옥상에서 바라보는 풍경, 바닷가에서 바라보는 풍경, 산꼭대기에서 바라보는 풍경, 창에서 바라보는 풍경,

언덕 위에서 바라보는 풍경, 유원지의 관람차에서 바라보는 풍경, 또 다리 위에서 바라보는 풍경입니다.

우리에게는 언제나 바라보는 시간, 바라보는 태도가 필요했습니다. 바라본다는 것은 정말 신기합니다. 그것은 이름 붙일 수 없을 것 같은 무언가를, '무언가'로밖에 말할 수 없을 것 같은 무언가를 우리에게 가져다줍니다.

그 '바라보기'가 사람의 마음에 작용하는 신비로움에 대해, 작가 가지이 모토지로는 〈성이 있는 마을에서〉라는 글 속에 선명한 문장으로 남겨놓았습니다. 여동생을 잃은 지 얼마되지 않은 청년이 여동생이 살던 성이 있는 마을로 가서, 그 마을의 성터에 올라가, 그곳에서 바라보이는 조용한 풍경에 빨려들듯이 매혹된다는 이야기입니다.

성터에 올라가니 하늘은 슬프도록 맑게 개어 있고, 그 아래로 집들의 지붕이 줄지어 있는 것이 보입니다. 하얀 건물의 학교. 흙벽의 은행. 절의 지붕. 이따금 연기를 피워 올리는 굴뚝, 그 주변에는 논밭이 있어 렘브란트의 소묘 같은 풍경이 펼쳐져 있습니다. 검푸른 나무들. 농가들. 마을 길. 바다에서는 바람이 불어오고, 해가 스르르 기울면서 풍경의 색들이 순식간에 변해버립니다.

"그저 그것뿐인 풍경이었다. 어딘가 특별히 마음을 끄는 것이라고는 하나도 없었다. 그렇지만 묘하게 마음이 끌렸다.

무언가가 있다. 정말로 무언가가 그곳에 있다. 하지만 그런 기분을 입 밖으로 꺼내면 그냥 뻔한 것이 되어버린다.

대체 그건 무엇일까.

꿈속에 어떤 신비로운 곳이 보였는데, 언젠가 와본 기억이 있는 곳 같다. — 꼭 그런 기분이 들었고, 뭔지 모를 추억이 솟아난다."

바라보이는 풍경이 주는 '생각'을 작가는 이렇게 쓴 것입니다. 눈앞의 풍경을 바라보다가 문득 정신을 차리니 자신의 인생의 풍경을 바라보고 있다. 풍경을 바라본다는 것은 그런 '생각'을 하게 해주는 것입니다.

작가 오자키 가즈오도 〈아름다운 묘지에서 바라보는 풍경〉이라는 작품에서 풍경이 우리 일상에 가져다주는 것을 이야기합니다.

주인공인 남자는 불치의 병을 앓고 있습니다. 하지만 숨이 다할 때까지 삶을 포기하지 않고 살아가겠다고 다짐합니다. 맑게 갠, 바람도 잔잔한 어느 날입니다. "힘차게 어린잎을 피우고 있는 뜰의 나무와 풀을 찬찬히 바라본다. '나는 지금 살아 있고, 여기에 이렇게 있다.' 이런 생각이 더없는 행복감으로 변해" 남자의 가슴을 벅차오르게 합니다.

누구나 저마다 마음속에 무언가를 가지고 있다, 하지만 그것을 꺼내지 않고 바라본다, 그리고 다들 땅속에 묻히는 마지막까지 아무렇지 않게 살아간다, 인생이란 그런 것이다. 이것이 풍경을 보면서 남자가 생각한 것입니다.

남자 집안의 묘지는 후지산을 마주하고 있어, 묘지에서 바라보이는 풍경이 무척 아름답습니다. 남자는 늘 변함없는, 눈앞의 아름다운 바다와 산의 모습을 "그제야 비로소 보인다는 듯이" 찬찬히 바라봅니다. '바라본다'는 것은 흔한 것, 무덤덤하게 그곳에 있는 것을 '그제야 비로소 보인다는 듯' 찬찬히 바라보는 것이다, 라고 작가는 담담히 써 내려갑니다.

'바라본다'는 것은 열린 공간 속에 몸을 두는 태도입니다. 하지만 휴대폰처럼 눈앞 30센티미터 앞에 놓인 화면을 쳐다보는 시선에는, 그렇게 멀리 넓게 바라보이는 풍경이 필요하지 않습니다. 열린 공간 속에 몸을 두는 태도가 지금은 점점 사라지고 있습니다.

바라보는 것이 하루하루에 가져다주는 것은 마음이 놓이는 편안함, 마음이 씻기는 깨끗함, 즐거움, 놀라움, 멀리 뻗어나가는 듯한 감각입니다. 그런 바라보기가 우리에게 주는 것을 우리는 소중히 해야 한다고 생각합니다.

— 2004년 1월 7일

## 없어서는 안 되는 장소

즐거움이 있는 곳에는 '없어서는 안 되는 장소'가 있습니다. 책은 책방이라는 장소, 영화는 영화관이라는 장소, 그림은 갤러리나 미술관이라는 장소가 필요합니다. 음악은 콘서트홀이 필요하고, 연극은 연극 무대가 필요하고, 스포츠는 경기장이 필요합니다.

우리 사회는 '없어서는 안 되는 장소'를 만들어왔습니다. 교육은 학교라는 장소를, 병은 병원이라는 장소를, 없어서는 안 되는 장소로 만들어왔습니다. 일상의 생활은 상점이나 편의점, 슈퍼마켓, 백화점, 쇼핑몰 같은, 물건을 살 수 있는 장소를 '없어서는 안 되는 장소'로 만들어왔습니다.

그렇게 사회라는 것은 우리에게 없어서는 안 되는 장소가 되어왔습니다. 그런데 지금은 없어서는 안 되는 장소의 소중함을 잘 느끼지 못하는 것 같습니다. 없어서는 안 되는 장소가 사라지면서, 머무를 곳이 없다, 갈 곳이 없다, 라는 느낌이 사회 전체에 퍼져 있는지도 모르겠습니다.

특히 지금 이 시대의 중심이 된 새로운 정보 기술은 '없어서는 안 되는 장소'를 생각하고 느끼지 못하게 합니다. 그리고 장소로부터의 자유를 중요한 특징으로 내세웁니다. 지금은 장소가 필요 없는 문명이라고 할까요, 또는 장소를 갖지 않는 문명이라고 할까요. 지금 문명이라고 불리는 것은 어느 특정한 장소에 얽매이지 않는 것을 지향하고 있습니다.

"'아이인 나'를 만든 풍경은 문명이 아니었다." 이렇게 말한 사람은 물리학자이자 수필가인 데라다 도라히코였습니다. '나'를 만든 풍경이라고 해서 특별한 풍경은 아닙니다. 중요한 것은 온갖 다양한 전체가 한데 섞인 하루하루의 풍경이 '아이인 나'를 만들었다는 것, 그리고 고향을 없어서는 안 되는 장소로 만들었다는 것입니다.

데라다 도라히코는 언젠가 고향 근처의 어느 작은 마을에서 열린 가을 축제를 떠올리며, 그때 보았던 스모 장면이 아이인 자신에게 남긴 강한 인상에 대해 이야기합니다.

축제 때 스모 경기를 한다고 하면서 정작 선수들은 스모 실력을 겨루지 않는 것입니다. 멋진 샅바를 두른 스모 선수가 기세등등하게 서로를 노려보다가 막상 승부를 겨루려고 하면 심판이 뛰쳐나와 중지시키고 무승부를 선언합니다. 그리고 그것을 몇 번이고 되풀이하다가 결국 시합도 없이 끝을 냈다고 합니다. 어떤 유래에서 그런 행사가 시작되었는지는 알 수 없지만, 그 장면을 지켜보는 사람은 "아득히 먼 옛날에 일어났던 뭔지 모를 심각한 사건이 불러일으키는 희미한 반향 같은 것을 느꼈다"라고 데라다 도라히코는 말합니다. 그러면서 그는 이런 말을 남겼습니다.

"문명의 파도가 밀물처럼 시골 한구석에까지 밀려와, 고유의 문화가 가진 자취를 거의 다 쓸어가버렸다. 쉬운 말과 이치로 누구나 금방 이해할 수 있게 설명할 수 있는 것만이 문명의 진열장 위에 아름답게 나열되었다. 그리고 그렇지 않은 것은 쓰레기 더미 속에 버려지고 그 존재마저 부정되었다. 그와 함께 무의미 속에 숨어 있는 중대한 의미의 가능성은 묻혀버리는 것이다. 수천 년을 이어온 민족 고유의 문화 속에서 새로운 것을 끌어내, 그것을 새롭게 펼치려는 사람은 아무도 없었다. 내부로부터의 진보(evolution)가 아니라, 나무에 대나무를 접붙이는 것 같은 의미만을 '개조'라고 찬양했다. 그리고 그 친절하고 순박한 시골 사람들은 끊으려야 끊을 수 없는 선조들의 영혼과 그림자를 헌신짝처럼 내다 버렸다. 그런 시골의 쓰레기 더미 속에서 썩어가고 있는 선조들의 유물 가운데 새로운 생명의 씨앗을 줍는 것이 바로 정치가나 사상가들이 해야 할 일이 아닐까." (데라다 도라히코의 수필 〈전원잡감〉)

고향 근처 어느 마을의 사라져버린 축제에서 문명이 초래하는 것을 꿰뚫어본 데라다 도라히코가 이 글을 쓴 것은 1921년이었습니다.

그런데 그때의 말이 마치 지금의 우리를 향한 경고와도 같이 들리는 것은, 없어서는 안 되는 장소가 지금 또다시 사라져, 머물 곳도 갈 곳도 없다는 기분이 사회 전체에 퍼지게 되었다는 증거인지도 모르겠습니다.

한 사람 한 사람의 '나'에게 소중한 것은 무엇일까요?

제가 지은 시 〈나(우리)에게 소중한 것〉의 마지막 부분을 읽으면서, 선현이 남긴 냉엄한 말을, 지금을 바라보는 말로 생각해보고 싶습니다.

없어서는 안 되는 것.
아무것도 아닌 것. 태연한 것.
소소한 것. 잃고 싶지 않은 것.
남모르는 것. 지금은 없는 것.
아무렇지도 않은 것. 흔한 것.

가장 평범한 것.

평범함을 두려워해서는 안 된다.

나(우리)의 명예는, 평범한 시대의 명예다.

내일 아침, 나팔은 울리지 않는다.

심호흡을 하라. 하루가 또, 조용히 시작된다.

— 2004년 5월 4일

## 풍경이라는 가치관

작가 나가이 가후는 20세기가 막 시작되었을 무렵 미국으로 건너가 4년의 세월을 보내고《미국 이야기》를 썼습니다. 《미국 이야기》는 그 시절 미국 땅에 살고 있던 일본인들의 흥망성쇠를 그린 이야기입니다만, 그 토대가 된 것은 다가올 20세기라는 시대에 대한 가후의 깊은 회의와 근심이었습니다.

'국가나 군대의 존재가 과연 영원히 필요한 것일까?'

워싱턴 다리 위에 멈춰 서서 가후는 그런 생각을 합니다. 또는 시카고의 전차 안에서 신문을 읽는 사람들을 보면서 생각합니다.

'저 사람들은 말하겠지. 진보적인 국민은 다들 한시라도

빨리, 하나라도 많이, 세상의 사건을 알려고 한다고.'

하지만, 하고 가후는 말합니다.

"세상의 사건이란 희귀한 것도 별다른 것도 전혀 없고, 늘 똑같은 분쟁만 반복되고 있지 않은가. 외교 문제라면 갑과 을의 이익 충돌, 전쟁이라면 강자의 승리, 은행의 파산, 선거의 책략, 열차의 전복, 강도, 살인, 매일매일 일어나는 인생의 사건은 아무런 변화도 없는, 단조롭기 짝이 없는 것이다."

그렇게 시대와 세상에 대한 회의와 근심이 깊었던 가후가 주저 없이 끌렸던 것은 미국의 풍경입니다.《미국 이야기》에는 미국의 즐거운 풍경이 글 여기저기에 새겨져 있습니다.

예를 들면 일리노이의 봄밤입니다.

"바싹 여위었던 한 그루의 고목도 지금은 눈송이처럼 사과꽃이 흐드러지게 피어 있고, 말로 표현할 수 없는 향기로 내 몸을 감싸 안는다. 부드러운 풀 위에 멈춰 서서 주변을 바라보니, 이것이야말로 지구의 표면이라는 상상을 하게 만드는 드넓은 평야 위에 어슴푸레한 달이 하나."

이런 즐거운 풍경이란 세상에 잘 알려진 명승지나 명소 같은 아름다운 풍경이 아닙니다. 그런 것이 아니라 그 안에 자신이 놓여 있다는 느낌이 드는 풍경, 자기 자신이 생생하게 받아들여지는 듯한 풍경입니다.

저는 지난 20여 년 동안 북미 대륙 거의 대부분의 주(州)

를 직접 운전하며 대략 10만 마일의 거리를 여행했습니다. 한 번에 2, 3주 정도의 짧은 여행을 계속 이어가는 식으로 긴 여행을 계속한 것입니다. 펼쳐진 풍경 속을 달리는 여행을 계속하며 제가 깨달은 것은, 여행의 즐거움이란 (가후는 '나그네의 기쁨'이라고 했지만) 오로지 즐거운 풍경의 발견이 전부다, 라는 평범한 진실이었습니다.

지금의 우리는 자신이 풍경 속에 있고, 그 풍경 속에서 자신의 감수성이 키워진다는 것을 실감하기 어려운 곳에서 살고 있는 건 아닐까요? 풍경은 사람의 가치관을 키우고 지켜주고 확인하게 해줍니다. 그런 풍경 속에 자신의 몸을 놓아두는 것, 펼쳐진 풍경 속에서 자신의 작음을 깨닫는 것, 그런 마음을 잃어버린 탓에 인간은 아주 귀한 존재가 되어버렸습니다. 그리고 그것의 위험에 대해 저는 늘 생각합니다.

미국의 풍경 속으로 거침없이 들어가 긴 여행을 계속하면서 얻은 것을 책으로 쓰는 동안 제 가슴속에 내내 머물러 있던 시가 있습니다. 시집 《풀잎》을 쓴 월트 휘트먼의 〈집 밖으로 나간 아이가 하나 있었다〉라는 시입니다.

날마다 집 밖으로 나간 아이가 하나 있었다.
그리고 그날 처음으로 본 것을 아이는 가만히 바라보았다.
그러자 아이는 자신이 가만히 바라본 것이 되었다.

그리고 그날, 또는 그날의 어느 한동안,
아니, 몇 년 동안, 아니, 돌고 도는 세월 내내,
아이가 가만히 바라본 것이 그 아이의 일부가 되어갔다.

집 밖으로 나가 풍경을 가만히 바라본다. 그리고 자신이 이 세상의 일부라는 것을 배운다. 그렇게 풍경 속에서 자신을 찾음으로써 사람은 하루하루 삶의 가치관을 만들어왔습니다.

지금은 어떨까요. 가후가 《미국 이야기》를 쓴 뒤로 거의 백 년이 지난 지금도 여전히, 아니 예전보다 더더욱 "늘 똑같은 분쟁만 반복되고 있을 뿐"인 이 세상에 즐거운 풍경은 점점 더 사라지고 있지는 않은지, 그리고 그것이 우리의 일상을 쓸쓸하고 삭막하게 만들고 있지는 않은지 생각해봅니다.

세상은 즐거운 풍경을 되찾을 수 있어야 합니다. 그렇지 않으면 불행해집니다. 펼쳐진 풍경 속을 여행하며 제가 얻은 것은 그런 변함없이 평범한 진실입니다. 그런 평범한 진실이 지금은 오히려 가장 얻기 힘든 진실이 되어버렸습니다.

— 2004년 9월 9일

## 기량이라는 척도

《내 마음의 풍금》이라는 한국 영화가 있습니다. 이병헌과 전도연, 당대 최고의 배우가 주연을 맡고, 이용재 감독이 1999년에 만든 영화입니다. 영화는 한 여성이 LP 한 장을 레코드 플레이어에 거는 인상적인 장면으로 시작됩니다.

1960년대 한국 산골 마을의 초등학교에, 서울에서 갓 대학을 졸업한 음악을 좋아하는 젊은 선생이 부임해옵니다. 젊은 선생의 짐 속에는 레코드 한 장이 소중히 들어 있습니다. 하지만 마을에서는 레코드 플레이어를 구할 수 없어서 레코드를 들을 수 없습니다. 마을 아이들은 선생이 갖고 있는 검은색의 둥근 원반이 무엇인지 알 수가 없습니다. LP라는 것을 그때까지 본 적이 없기 때문입니다.

제게 잊을 수 없는 추억을 남겨준 이 영화에서 중요한 역할을 하는 것은 한 장의 LP, 코니 프랜시스의 레코드입니다. 그 LP가 아이들의 장난으로 깨져버립니다.

이 이야기가 들려주고 있는 것은 레코드라는 문화가 가진 비밀입니다. 레코드는 두 가지 비밀을 가지고 있습니다. 첫째, 플레이어 없이는 듣지 못한다는 것, 둘째, 깨진 레코드는 듣지 못한다는 것.

《내 마음의 풍금》에서 그려지는 이 레코드의 비밀은 지금의 우리 문화의 모습에 대해 많은 것을 생각하게 합니다. 음악의 새로운 재생 장치가 널리 보급된 지금, 레코드는 시대에 뒤처진 것이 되었지만, 오래된 레코드는 지금도 문화나 표현의 본질을 다시 생각하는 실마리가 됩니다.

저는 지금도 오래된 레코드를 꽤 많이 가지고 있습니다. 하지만 레코드는 그것만으로는 들을 수 없습니다. 레코드 플레이어가 없으면 들을 수 없습니다. 또 플레이어가 있어도 레코드가 깨지면 들을 수 없습니다.

플레이어라는 하드웨어와 레코드라는 소프트웨어, 둘 중의 어느 하나라도 없으면 들을 수 없는 것이 레코드라는 문화입니다. 그리고 그런 의미에서 레코드의 문화는 하드웨어와 소프트웨어가 분리된 시대의 문화의 모습을 가장 단적으로 상징하는 것이었습니다.

오늘날 우리 문화의 특징은 그렇게 하드웨어와 소프트웨어가 분리된 문화의 모습입니다. 하지만 하드웨어와 소프트웨어의 분리와 분열이 초래한 것은 기량, 즉 인간과 사회를 가늠하는 척도의 상실이 아닐까, 하는 생각이 듭니다.

기량의 기(器)는 하드웨어입니다. 기량의 량(量)은 소프트웨어입니다. '량'은 단지 분량을 말하는 것이 아니라 중량이나 거리를 의미하기도 합니다.

기량은 그 둘이 하나가 된 말입니다. 예전에는 기량이 좋다는 말이 있었고, 우리는 '기'와 '량' 둘을 하나로 합쳐 인간을 헤아리고 사회를 가늠해왔습니다.

그런 기량이라는 척도가 사라지게 된 것은 기량이 기와 량, 즉 하드웨어와 소프트웨어로 분리되었기 때문입니다. 이것은 그리 먼 옛날의 일이 아닙니다. 《내 마음의 풍금》에서처럼 20세기 후반, 1960년대에 LP나 TV의 시대가 되고부터입니다.

기량을 기와 량으로 나누고 하드웨어와 소프트웨어를 분리함으로써 가능해진 것은 눈부신 기술혁신, 자랑할 만한 진보, 뛰어난 혁신입니다. 그리고 기량이라는 척도 대신 우리가 새로 얻은 것은 성능이라는 척도였습니다.

그러나 성능이라는 척도가 모든 것을 측정하는 척도가 된 지금, 성능은 있지만 기량은 없는 것이 오히려 당연해진 것은 아닐까요. 기량이라는 척도로 보면, 기량이 터무니없이 부족한 시대가 되어버렸다고 말할 수밖에 없을 것 같습니다.

원래 인간은 하드웨어와 소프트웨어를 분리할 수 없는 심신일체의 존재였고, 지금도 그렇습니다. 인간의 하드웨어가 몸이라면 인간의 소프트웨어는 말입니다.

메이지 시대의 사전《언해》에 따르면, 기량이란 "쓰임에 감당할 만한 재능"을 뜻합니다. 하지만 하드웨어와 소프트웨어의 분리에 따른 진보가 가져온 것은 도저히 쓰임에 감당할 수 없는 재능이 아니었을까요. 우리가 사물을 보고 느끼고 생각할 때, 기량이라는 척도를 되찾고 싶습니다.

— 2005년 3월 8일

## 하루의 특별한 시간

아무리 풍요로워지고 아무리 진보하고 아무리 기술이 새로워져도 변하지 않는 것이 하루의 시간입니다.

하루는 스물네 시간이고, 아침과 낮과 밤으로 이루어져 있습니다. 이 변하지 않는 하루의 시간을 우리의 풍요로운 시간으로 만들어온 것은 하루의 특별한 시간입니다.

특별한 시간이란 먼저, '느슨한 시간'을 말합니다. 먼동, 갓밝이, 꼭두새벽, 첫새벽, 새벽, 이슬아침, 아침, 아침결, 점심나절, 낮, 한낮, 낮곁, 낮후, 저녁, 해거름, 저물녘, 해질녘, 황혼, 끼니때, 또 한밤, 야밤 등등.

이런 모호한 말들로 표현되어온, 또 이런 말로밖에는 표현할 수 없을 것 같은 미묘한 시간. 분명한 시각은 없지만, 누구에게나 분명히 느껴지는 느슨한 시간. 그런 느슨한 시간이 우리의 하루라는 시간에 가져다준 것은, 시간과 시간 사이의 시간, 시간과 시간 사이를 만드는 시간이었습니다.

그런 시간은 별것 아닌 평범한 시간처럼 생각될지도 모릅니다. 하지만 어떤 변화에도 변하지 않는 하루의 시간이 전부 디지털로 정확히 나타나게 된 지금은 그런 모호하고 느슨한, 하지만 천천히 뭔가가 채워지는 듯한, 시간 사이의 시간을 갖기 어려워졌습니다. 또 그림자와 뉘앙스와 흐름을 키워주는 틈새를 가진 시간의 감각을 갖기도 어려워졌습니다.

낮후는 하루 중의 어느 시간일까요. 해질녘, 끼니때는 하루 중 언제일까요. 제때라는 시간은 어떻게 가늠할까요. 그런 시간을 헤아리는 법이 이제는 쓸모가 없어졌는지도 모르겠습니다.

그리고 하루의 시간을 풍요롭게 만들어온 또 하나의 특별한 시간이 있습니다. 특별한 '한순간'이라는 시간입니다. 그 순간에는 느끼지 못하지만 나중에야 깨닫게 되는 '그 순간'이라는 시간도 언제나 우리의 하루를 풍요롭게 만들어온 시간입니다. 예를 들면, 축구 경기에서 공이 멋지게 골대로 들어갔을 때의 선명한 한순간이 경기 전체의 시간을 풍요로운 기억으로 바꿀 수 있는 것처럼 말입니다.

하지만 하루의 시간 속의 특별한 한순간이란 스포츠 경기에서 고대하던 극적인 한순간도 아니고, 그 한순간을 위해 최선을 다하는 목표 같은 것도 아닙니다. 그보다는 훨씬 더 평범하고 당연한, 의식하지 않으면 그냥 지나쳐버리는 그런 한순간입니다. 그런데 그것이 왜 특별한 한순간이 되는 걸까요?

《인생의 특별한 한순간》이라는 시문집에 저는 이런 문장을 쓴 적이 있습니다.

"인생의 특별한 한순간이란 사실은 지극히 흔한, 아무것도 아닌, 어느 한때 어느 한 순간의 풍경일 뿐일 것이다. 그때는 전혀 알아차리지 못한다. 하지만 어느 순간, 문득, 아, 그때 그랬었지, 깨닫고는 나도 모르게 뒤를 돌아본다.

아무렇지도 않게 무심히, 당연하다는 듯이 지나친 어느 한 순간의 풍경이, 마치 그곳만의 풍경을 오려낸 것처럼, 먼 훗날이 되어서야 인생의 특별한 한순간으로 선명한 기억이 되어 돌아온다.

특별한 것은 아무것도 없다. 오히려 그렇기 때문에 특별한 것이라는 역설에, 우리의 하루하루의 모습이 지켜지고 있다고 생각한다."

우리는 역설의 시대에 살고 있습니다. 큰 지하철 사고 뉴스

같은, 갑작스럽게 일어나는 비참한 사건이 우리에게 전해주는 것은, 사건 사고로 인해 당사자들이 잃는 가장 커다란 것은 '하루의 평범한 시간이라는 특별한 시간'이다, 라는 불가역적인 사실입니다.

인생이란 하루하루의 시간에 대한 사람의 태도입니다. 나쓰메 소세키는 그런 의미의 말을《한눈팔기》라는 소설 속에 남겨놓았습니다. 하지만 하루의 시간을 풍요롭게 만들어온 '느슨한 시간', 그리고 '한순간'이라는 특별한 시간을 지금의 우리는 잘 느끼지 못하고, 또 잃어가고 있는 것 같습니다.

하루하루의 시간에 대한 태도를 바꿔가야 합니다. 시간을 촘촘히 자르지 않고, 크게, 천천히, 하루의 특별한 시간을 손안에 넣을 수 있어야 합니다. 그렇게 하지 않으면 우리의 감수성은 점점 가난해질 것입니다.

시간은 딱 하나만 있는 것이 아닙니다. 물가에는 물가의 시간이 있습니다. 나무 그늘에는 나무 그늘의 시간이 있습니다. 밤에는 밤의 시간이 있고, 대화의 시간도 있고 고독의 시간도 있습니다. 시간을 헤아리는 법은 저마다 다릅니다. 시간을 헤아리는 법을 많이 가지면 가질수록, 하루의 특별한 시간을 더 많이 가질 수 있지 않을까요.

— 2005년 6월 29일

## 청계천의 하늘

아쿠타가와 류노스케의 작품 중에 〈오카와 강물〉이라는 소품이 있습니다. 1912년에 쓴 글로, "나는 오카와 강변 가까운 마을에서 태어났다"라는 문장으로 시작됩니다.

오카와는 도쿄의 스미다가와 강을 말합니다. 아쿠타가와는 어릴 적부터 오카와 강을 보면서 하루하루를 보냈습니다. 어린아이였던 자신이 얼마나 그 강을 사랑했는지, 얼마나 그 강이 있는 하루하루의 풍경을 사랑했는지, 오카와 강가에서 자란 아이였던 '자신'의 감수성의 역사를 써 내려간, 조각화처럼 아름다운 문장입니다.

오카와의 강물, 강 물결의 '무엇'이 그토록 아쿠타가와의 마음을 붙잡았을까요?

내 어린 마음을 강기슭의 버드나무 잎처럼 떨리게 한 것은 그 '강의 풍경'이고, 그 강 물결의 '쓸쓸함, 자유로움, 그리움'이었다, 라고 아쿠타가와는 회상합니다. 겨울의 강. 여름의 강. 밤의 강. 그 물소리. "아, 그 물소리의 그리움, 중얼대듯, 토라진듯, 투덜대듯, 풀의 즙을 짜낸 푸른 물이 낮이고 밤이고 변함없이 강가의 돌 기슭을 씻으며 흘러간다."

그리고 물의 빛깔입니다. 물빛의 매끄러움과 따스함. 도쿄라는 대도시를 조용히 흐르는 만큼, 그 수면의 색은 "너무나도 차분하고 다정하고 매끄러운 느낌을 주었다"라고, "어둡지 않다. 잠들지 않는다. 살아 움직이고 있다. 자연의 호흡과 인간의 호흡이 만나 어느샌가 합쳐진 도시의 물빛의 따스함"이라고 말합니다.

아쿠타가와의 〈오카와 강물〉은 이렇게 끝이 납니다.

"만약 나에게 '도쿄'의 냄새를 묻는 사람이 있다면, 나는 오카와 강의 냄새라고 답하는 데에 아무런 주저함도 없으리라. 단지 냄새만이 아니다. 오카와 강물의 색, 오카와 강물의 울림은 내가 사랑하는 '도쿄'의 색이고 소리여야만 한다. 나는 오카와 강이 있기에 '도쿄'를 사랑하고, '도쿄'가 있기에 생활을 사랑하는 것이다."

이 아쿠타가와의 문장을 새삼 떠올리게 된 것은 올 늦가을, 한국의 서울에서였습니다. 서울은 한강이라는 아주 큰 강을 품은 도시입니다. 한강의 풍경이 무척이나 아름다운 도시인데, 그 서울 시가의 중심부에 옛날부터 흐르던 청계천이라는 강이 올 10월에 새로운 자태로 모습을 드러냈다는 말을 듣고, 오로지 그 강을 보고 싶은 마음에 서울을 찾았을 때였습니다.

새롭게 모습을 드러냈다고 한 것은, 20세기 후반에 강을 완전히 복개하고, 그 위로 도심과 교외를 잇는 교통의 동맥이 되는 고가도로를 놓아 청계천은 그동안 내내 볼 수 없는 강이었기 때문입니다. 그 청계천이 21세기가 되어 강 위의 덮개와 고가도로가 완전히 걷히고, 스물두 개의 다리가 놓이고, 물이 흐르는 강의 모습을 되찾게 된 것이 올해 10월이었습니다.

어떤 강이 되었을까요?

새로운 청계천은 고층 빌딩숲 한복판을 조용히 흐르는 강입니다. 복원되었다고는 하지만 원래의 강으로 되돌아간 것이 아니라 도시 한복판을 흐르는 강으로 새롭게 설계된 강입니다. 사람들에게 강이란 무엇인지를 말해주는 강, 이야기를 가진 강으로 설계된 강이라고 해도 좋을 것 같습니다. 새로운 청계천이 시작되는 곳이라고 하는 지상 노면의 '수원(水

源)'도 독특합니다.

그것이 조금씩 커지며 여울이 되어 강물이 흐르기 시작합니다. 강물은 여기저기서 졸졸 흐르기도 하고, 너울대며 흐르기도 하고, 넘칠 듯 굽이치며 흐르기도 하면서 각기 다른 다리 밑을 흘러갑니다. 도심 속의 강이지만 청계천에 화려함은 어울리지 않습니다. 청계천에는 사람의 마음을 끄는 분위기, 서울 거리의 독특함이 감돌고 있습니다.

전체 길이가 6킬로미터 가까운 강이지만, 양쪽 강가에는 산책길이 이어지고 또 도중에 징검돌로 건너갈 수도 있는 이 강은 복원된 지 한 달 만에 630만 명에 가까이 사람들을 불러들였습니다. 이렇게 새로운 모습을 드러낸 강의 매력은 무엇보다, 도심 속 강의 물결, 물의 반짝임, 그리고 물에 대한 친밀감을 자아내는, 말하자면 감수성의 학교, 감수성의 공방이라는 강의 매력을 현실 속에서, 거리의 일상 속에서 되찾으려고 하는 데에 있습니다.

올 11월에 청계천 강가의 길을 천천히 걸으면서 제일 먼저 느낀 것은 강은 길보다 훨씬 낮은 곳을 흐른다는 것입니다. 강 수면과 가까운 곳에 있는 길에서 위를 올려다보면, 이 강은 고층 빌딩들 속에 있는데도 다르게 보입니다. 하늘이 마치 지금까지 없었던 것처럼 넓게 펼쳐져 있습니다. 거리에서 깨끗한 강을 되찾다는 것은 거리에서 넓은 하늘을 되찾는 것이기도 하다는 것을 느꼈습니다.

청계천의 하늘 아래서 느끼고 생각한 것은 지금 우리는 거리의 개성을 키우는 강의 매력이 없는 거리, 생활을 사랑할 수 없는 거리에서 살고 있는 건 아닐까 하는 것이었습니다.

쓸쓸함, 자유로움, 그리움, 물소리, 물빛의 매끄러움과 따스함, 물의 반짝임, 모래 위의 무늬, 산들거리는 풀들, 강물의 웅덩이. "너무나 차분하고 다정하고 매끄러운 느낌"의 풍경. 그런 풍경 하나하나에 어울리는 말이 지금 우리의 거리에서 하나하나 사라지고 있는 건 아닐까요.

강을 되찾고 하늘을 되찾고, 또 뉘앙스가 풍부한 말을 되찾고, 신선한 감수성을 되찾아야 한다고 생각합니다. 강가의 길에서 올려다본 청계천의 하늘은 너무나 고요했습니다.

— 2005년 12월 20일

## 불문율의 소중함

말을 글로 쓰고 표현하는 것을 직업으로 가지면서 늘 의식하는 것은 말로 표현할 수 없는 것이나 생각이 정말 많다는 것입니다.

말을 글로 쓰고 표현한다는 것은 말로 표현한 것, 말로 표현할 수 있었던 것을 분명히 한다는 것이고, 또한 동시에 말로 표현할 수 없는 것을 분명히 하는 것이기도 합니다.

불문율이라는 말이 있습니다. 말로는 잘 표현할 수 없지만 서로가 중요하게 여기는 룰이나 가치를 말합니다.

영어로는 common law, common sense라는 말이 불문율이라는 뜻으로 쓰이고 있지만, 그것도 왠지 common law는 관습법으로, common sense는 상식으로 간단히 정리되어버린 것 같습니다. 그런 말들이 사회 안에서 천천히 키워온 '공통의' 감각, '공유의' 가치, '함께하는' 말, 눈높이를 '함께하는' 방향, 그런 원래의 의미가 지금은 뒷전으로 밀려난 듯한 느낌이 든다는 것입니다. 그리고 이제는 불문율이라는 말도 친숙한 말이 아니게 되었습니다.

그런데 그 때문에 우리가 잃은 것이 있습니다. 사회의 근육이 빠져버린 것입니다. 쓰지 않으면 빠지는 것이 근육입니다. 사회의 유연한 근육을 만들고 유지해주는 것이 불문율입니다.

불문율의 소중함을 가볍게 여기고 불문율이 가진 힘을 잃으면, 'common'이라고 하는, 사회의 건강한 활력을 유지해주는 '공통'의 의식을 잃게 됩니다.

사회에 신선한 공기가 드나들 수 있기 위해 꼭 필요한 것은 불문율이 가진 힘입니다. 일본을 근대 국가로 이끈 가쓰 가이슈의 말은 그것을 새삼 생각하게 합니다. 그의 선명하고 날카로운 담화는 그가 늘 잃지 않았던 사회의 불문율을 중시하는 마음을 전하고 있습니다.

가쓰 가이슈의 담화록 《히카와세이와》에는 이런 말이 나옵니다.

"메이지 유신 때, 드넓은 하늘 아래 내게 찬성하는 사람은 아무도 없었다. 하지만 나는 늘 세상에는 길이라는 것이 있다고 생각하며 즐겁게 살았다."

가이슈가 말하는 '길'이 바로 불문율입니다. 그러면서 그는 이렇게도 말합니다.

"하지만 주의(主意)라는 둥, 길이라는 둥 말하며 반드시 그것이 아니면 안 된다고 단정하는 것을 나는 예전부터 좋아하지 않는다.

그냥 길이라고 해도, 각각의 길에는 넓고 좁음, 깊고 얕음의 차이가 있다. 그중 하나만 들어 다른 것을 배척하는 것을 나는 하지 않는다."

가이슈는 메이지 유신 때 도쿠가와 막부를 설득하여 무력 충돌 없이 신정부파가 에도로 무혈입성할 수 있게 만든 사람입니다. 그때 가이슈가 주장한 논리의 근거는 "수도는 천하의 공유물로, 결코 한 개인의 사유물이 될 수 없다"라는 것이었습니다. 이 '천하의 공유물'이라는 것이 불문율의 기준입니다. 가이슈가 믿었던 것은 세상의 기운을 읽고 사회의 규범을 세우는 불문율에 따라 살아가는 방식이었습니다. '인간은 살아서 움직이는 것이다', 이것이 가이슈가 사물을 판단하는 척도였습니다.

"무슨 일이든 끈기가 근본이다. 요즘 사람들은 소고기니 영양식품이니 하며 법석을 떠는 주제에 이상하게도 오히려 끈기는 부족하다."

"세상은 시시각각 변하는 것으로, 기회가 오거나 가는 것은 그야말로 순식간이다. 이런 세상에서 모든 일마다 하찮은 이치를 따지며 대처하려고 한다면 도저히 해결할 수 없다. 세상은 살아 있다. 이치는 죽어 있다."

그러면서 "현재의 상황을 간파할 만큼의 안목", "정신을 다스릴 만큼의 식견"이 중요하다고 했습니다.

하지만 끈기니 정신이니 안목이니 식견이니 하는 말들은 수치로 나타낼 수 없는, 엄밀히 정할 수 없는 지극히 모호한 말입니다. 수치로 정확히 나타낼 수 없는 말을 믿을 수 없게 된 오늘날, 이런 말들은 쓰이지 않게 되었습니다. 하지만 수치로 나타낼 수 없는, 엄밀히 정할 수 없는, 한마디로 정의할 수 없는, 오히려 모호하기까지 한 이런 말로밖에는 전할 수 없는 소중한 것이 우리 사회에는 있습니다. 그런 불분명한 말을 통해 분명하게 전해져온 것이 바로, 사람과 사람 사이에서 공유되는 '공통의' 감각, '공유의' 가치, '함께하는' 말, 눈높이를 '함께하는' 방향이라는 불문율을 중시하는 마음이었습니다.

어설픈 말로는 표현할 수 없지만 사람들 사이에서 지키고 싶은 룰이나 가치가 있습니다. 룰이라고 하면 규칙이나 법률이라고 생각하기 쉽지만, 법률의 절반은 불문율로 되어 있습니다. 작고한 시바 료타로 씨는 언젠가 '의(義)'라고 쓰고 그 말에 '룰'이라는 주석을 붙인 적이 있습니다. '의' 역시 법률 조문에 명시된 룰이 아니라, 불문율로밖에 나타낼 수 없는 룰입니다.

불문율을 풍요롭게 키울 수 없는 사회는 획일적이 되어 언젠가는 숨이 막혀버립니다. 불문율을 중시하는 것이 얼마나 사회의 말을 풍요롭게 만들어왔는지, 얼마나 우리의 삶과 태도를 충실하게 만들어왔는지, 그리고 common이라고 하는, 사회의 건강한 활력을 지켜주는 '공유의' 의식, 감각을 얼마나 키워왔는지 지금 다시 되돌아봅니다.

— 2006년 3월 31일

## 나무가 이야기하는 것

집 근처에 큰 느티나무 한 그루가 있습니다. 보호수로 지정된 그 느티나무 아래에 길이 생긴 뒤로는, 나무 아래를 지날 때면 멈춰 서서 나무를 올려다보며 나무가 하는 말에 귀를 기울이는 일이 매일의 습관이 되었습니다.

나무의 말은 침묵의 말입니다.

나무가 하는 말을 주의 깊게 들으며 느끼는 것은, 나무는 자신의 크기만큼의 큰 침묵을 갖고 있다, 그리고 나무 자신의 풍요로움만큼의 풍요로운 시간을 갖고 있다, 라는 것입니다. 별것 아니라는 듯, 큰 나무가 그 자리에서 지키고 있는 것은 인간이 갖고 있지 않은 존재의 크기이고 시간의 풍요로움입니다.

나무는 얼핏 보면 늘 똑같은 모습을 하고 있습니다. 하지만 무엇 하나 변한 게 없는 것 같지만, 가까이 다가가 올려다보면 나무는 하루하루 놀라우리만큼 다른 모습으로 말없이 살아가고 있다는 것에, 나도 모르게 숨이 멎을 때가 있습니다.

아침의 나무, 오후의 나무, 석양에 비친 나무, 한밤중의 나무. 맑게 갠 날은 투명한 나무, 구름이 낀 날은 흐릿한 나무, 비 오는 날은 빗방울을 머금은 나무, 센 바람이 부는 날은 드래곤의 나무. 큰 나무는 늘 똑같은 나무이면서 늘 똑같은 나무가 아닙니다.

언제나 그곳에 있는 것, 아무리 시간이 흘러도 문득 쳐다보면 언제나 그곳에 있는 것이 큰 나무입니다. 우리가 태어나기 전부터 그곳에 있었고, 우리가 죽고 난 후에도 분명 그곳에 있을 나무. 그것이 나무 자신이 보여주고 있는 나무의 본질입니다.

정확한 수령은 모르겠지만 내 눈앞에 있는 그 나무가 살았던 시간은 속절없이 풍경이 무너져간 이 나라의 근대보다도 어쩌면 훨씬 더 긴 시간입니다. 거리에서 가장 긴 세월을 살아왔고 또 살아가고 있는 것이 그 큰 나무입니다. 그런 나무를 보며, 예를 들어 역사란 어떤 것일까 생각해보면, 인간이 얼마나 인간의 시간으로만 사물을 생각하려 하는지, 또 그렇게 생각해왔는지, 새삼 깊이 돌이켜보게 됩니다.

지금은 딱 한 그루 남아 있는 느티나무이지만, 아무리 고립된 것처럼 보여도 나무는 언제나 함께 살아가는 존재입니다. 계절과 함께, 날씨와 함께, 풍경과 함께, 거리와 함께, 시간과 함께 존재하는 것이 나무입니다. 그런 나무의 본질에서 끊임없이 깨닫는 것은, 나무가 조용히 전해주는, '함께 있다'라는 직접적이고 근원적인 감각입니다.

한 번이라도 혼자 큰 나무 아래서 발걸음을 멈추고, 머리 위의 커다란 가지들을 가만히 올려다본다면, 나무가 드리우는 초록 속에서 소리 없이 내려오는 시간의 그물망에 나 자신이 부드럽게 감싸여 어디론가 옮겨지는 듯한 신비로운 기분에 휩싸이게 됩니다.

일상의 중심에는 원초의 기억이 숨어 있습니다.

거리에 서 있는 큰 나무 아래서 올려다볼 때, 나무가 사람에게 떠올려주는 것은 그런 원초의 기억입니다. 사람은 오래전에 나무였다, 하지만 지금의 사람은 뿌리 없는 나무, 베어진 나무, 아니면 떠내려가는 나무 같은 존재가 되어버린 게 아닐까 하는.

《사람은 오래전에 나무였다》라는 저의 시집은 그런 생각을 모티프로 하여 온갖 나무가 이야기하는 말들을 시로 쓴 것입니다. 그중에 〈나무의 전기〉라는 시를 읽어보겠습니다.

이 자리에서 태어났다. 이 자리에서
자랐다. 이 자리에서 스스로
똑바로 서는 것을 배웠다.
하늘이 말했다. — 나는
언제나 네 머리 바로 위에 있단다. —
맨 처음에는 햇빛을 모으는 것을 익혔다.
그다음에는 비를 모으는 것도 익혔다.
그리고 바람에게, 듣는 것을 배웠다.
밤에는 북두칠성에게 방향을 배우고,
어둠 속을 달리는 작은 동물들의
희미한 발소리에 귀를 기울였다.
그리고 세월을 헤아리는 법을 배웠다.
아득히 멀리 보는 것을 배웠다.
키가 커졌고, 커진다는 것은
큰 그림자를 만든다는 것임을 알았다.
구름이 말했다. — 나는
언제나 네 마음을 가로지른단다. —
아름다움이 전부는 아니었다.
덧없음을 알고, 애처로움을
느끼고, 늙어감을 배웠다.

늙는다는 것은 받아들이는 것이다.
따뜻한 것은 따뜻하다고 말해라.
하늘은 푸르다고 말해라.

여름은 큰 나무가 드리우는 초록의 그늘이 유난히 그리운 계절입니다. 가지 사이로 흘러내리는 햇살의 말로 나무들이 우리에게 들려주는 것에 가만히 귀 기울이며 시간을 보내고 싶은 계절입니다.

나무 아래에 멈춰 선다. 하늘을 올려다본다. 침묵을 듣는다. 어디 먼 곳에 가지 않아도 큰 나무는 매일매일의 풍경 속에서, 아득한 대자연의 기억을 가진 마지막 증인처럼, 우리 바로 곁에 언제나 서 있습니다.

— 2006년 8월 2일

## 하루하루를 만드는 습관

최근에 '힘 력(力)'자가 붙은 말들이 눈에 띕니다. 예를 들면, 언어력, 사고력, 문화력, 대화력, 소통력 등등. 이렇게 쓰이는 '력'은 대부분 '능력'이라는 의미로 사용됩니다.

하지만 이 '력'이 '능력'을 말하는 것일까요? '독서력'이라는 말이 있습니다. 하지만 독서력이란 독서하는 능력이 아닙니다. 독서력이란 책을 읽는 능력이 아니라, 책을 읽는 습관입니다.

지금 우리에게 필요한 것이 '능력'이라는 힘일까요? 그보다는 '습관'이라는 힘이 아닐까요? 우리의 하루하루를 유지해주는 '습관'의 힘이 지금은 약해졌습니다.

책을 예로 들면, 지금의 책은 잠깐 동안 소비되는 것일 뿐,

인생의 습관을 만들지 않게 되었습니다. 하지만 예전에 독서가 힘을 가졌던 이유는 그것이 하루하루의 습관, 인생의 습관을 만드는 힘을 가졌기 때문입니다.

사람의 삶의 자세를 만드는 것은 하루하루의 습관, 인생의 습관입니다. 그리고 일찍이 사람을 사람답게 만든 것은 하루하루의 삶을 지켜온 독서라는 습관이었습니다.

제가 그것을 새삼 절감한 것은 젊어서 세상을 떠난 어느 한 독서가의 짧은 인생을 더듬어갔을 때입니다.

보기 드문 독서가였던 그 청년은 이 나라가 전쟁을 일으켰던 시대에 병사로 소집되어, 태평양 전쟁이 시작되기 3년 전 중국 전선에서 전사했습니다. 사후에 그가 전장에서 쓴 일기와 편지를 모아 엮은《오오타 하사의 진중수기》라는 책이 나왔는데, 젊은 아내에게 부친 편지들이 실려 있습니다. 거기에는 그가 전쟁터로 보내달라고 부탁한 많은 책들의 제목이 쓰여 있습니다. 그중 마지막 편지입니다.

"이와나미 문고 중에서 짐멜의 〈단상〉, 라베송의 〈습관에 대하여〉, 하이네의 〈독일 겨울 동화〉, 그리고 새로 나온 〈사상〉이라는 잡지를 함께 보내주기 바라오. 전부 다 내 책 상자에는 없는 것들이니, 책방에서 사서 보내주시오."

전장에서도 독서의 습관을 끝까지 깨뜨리지 않았던 독서가의 삶의 자세는 이 책이 출판되었을 때 아내의 인터뷰가 실린 잡지를 통해 알려졌습니다.

그 부부는 죽은 병사가 아직 도쿄제국대학의 학생이었을 때 결혼했습니다. 동네의 작은 약국집 외아들로, 졸업 후에는 시부사와 에이치의 전기를 편찬하는 일을 하면서 집안일을 도우며 살았습니다. "내 시간은 언제나 밤 12시부터다. 그때부터는 책을 읽기 때문에 늘 2시나 3시에야 잠이 들었다." 그는 그렇게 하루하루를 보내던 사람이었습니다.

"전쟁이 시작되었을 때, 남편은 그날이 오리라는 것을 전부터 각오하고 마음의 준비를 하고 있었을 것입니다. 책을 많이 읽고, 배우고, 그리고 정의를 존중하는 것밖에 몰랐던 인정 많은 남편은 제게는 말하지 않았지만, 분명 사회에 대한 넓은 시야와 높은 교양, 정의감, 이상주의적 사상에서 전쟁을 부정하고 고뇌하고 있었을 것이 분명합니다. 소집 영장을 받았을 때 남편은 꿈쩍도 하지 않았습니다. 저는 많은 사람들이 영장을 받았을 때 보였던 병적인 흥분에 대해 듣고 있었던 만큼, 그의 차분한 모습에서 처음으로 교양이 가진 아름다움과 고귀함을 보았던 것 같습니다."

그 글을 읽고 작가 요시야 노부코가 쓴 〈책과 군대〉에 나오는 문장도 인상적입니다.

“오오타 하사가 얼마나 책 읽기를 사랑했는지, 전장에서 부인에게 부쳐달라고 부탁한 책 이름만 보아도 잘 알 수 있다.

유럽에서 전쟁이 일어났을 때, 전장의 참호 안에서 가장 많이 읽힌 것이 독일 문학책이었다고 한다. 또 일본과 적이 되어 싸우던 중화민국의 젊은 학도병들도 참호와 진지 안에 자신들의 애독서를 간직하고 있었다는 것을, 일본군 점령지의 흔적에서도 찾아볼 수 있었다고 한다. ——

생각하면 적이지만, 가련한 마음에 한줄기 눈물을 느끼지 않을 수가 없다.”

전장에서 죽은 그 병사가 이루지 못했던 꿈은 이런 것이었습니다.

“비 오는 날의 오피스, 비 오는 날의 서재, 비 오는 날의 집. 전쟁이 끝나고 집으로 돌아가는 날, 나는 몇 백엔 어치의 책을 사는 것을 상상한다. 가슴이 두근거린다.”

전쟁 시대의 기억 안에 책의 기억을 가져다놓으면, 시대의 풍경이 주는 느낌이 갑자기 달라집니다.

사람을 사람답게 만드는 것은 '습관'의 힘이라는 것을 잊고 싶지 않습니다. 지난 20세기에 전쟁이 무너뜨린 것은 하루하루의 '습관'이었습니다. 하지만 전후의 생활양식의 변화, 급속한 기술혁신, 눈부신 경제개혁 역시 하루하루의 '습관'을 무너뜨렸습니다.

그리고 지금 우리는 하루하루를 지켜주는 새로운 '습관'을 아직 갖지 못하고 있습니다. 그것이 지금 여러 난제를 우리 사회에 일으키고 있다고 생각합니다. 질서나 규범이 아니라, 사람의 개성, 사회의 개성, 문화의 개성을 천천히 다져가는 '습관'의 힘, 하루하루를 느긋하게 유지해주는 '습관'의 힘에 대해 더 자각하고 싶습니다. '습관'은 사람을 저버리지 않기 때문입니다.

— 2006년 12월 22일

## 고향과 Home

우리는 고향이라는 말을 아주 자유롭게 쓰고 있습니다. 너무도 당연한 말이라는 것처럼요. 하지만 고향이라는 말은 사실 그렇게 자명한 말도, 잘 아는 말도 아니지 않을까요.

19세기 말에 나온《언해》라는 사전에 고향은 향토라고 나와 있고 "잊을 수 없는 고향"이라는 용례가 실려 있습니다. 하지만 '잊을 수 없다'라는 용례가 말해주듯이 지금은 살고 있지 않은 장소가 고향입니다.

그로부터 백 년이 흘러 20세기 말에 나온《신명해 국어사전》에도 "(지금은 살고 있지 않은) 자신이 태어난 땅. 향토"라는 뜻으로 나와 있습니다. 태어나서 자라, 스스로 떠나간 장소가 고향이라는 것, 그것이 백 년 동안 변하지 않았다는 것을 말해줍니다.

그렇다면 고향이란, 말하자면 자신이 살고 있지 않은 장소이자 땅이라는 것입니다. 지난 백 년 동안 사람들의 삶의 방식을 만들어온 것은 고향을 떠나 살아가는 삶의 방식이었습니다. 그것이 우리 대부분이 경험해온 자립된 삶의 방식이었습니다.

하지만 사실 고향이라는 것이 그저 사전에 나와 있는 것처럼 '잊을 수 없는 것', '지금은 살고 있지 않은 자신이 태어난 땅, 향토'로 그치는 것일까요? 그렇다고 하기에는 우리는 고향이라는 말에 깊은 마음을 품고 있는 것 같습니다.

고향이란 어쩌면 지금까지 생각해온 그런 장소가 아니지 않을까요? 떠나온 곳, 출신이나 태생을 말하는 것이 아니라, 본래 저마다의 삶의 방식을 지켜주는, 말하자면 인생의 방향감각을 나타내는 말이 아닐까 하는 생각을 합니다.

말하자면 '태어났지만 지금은 살고 있지 않은 땅'을 노스탤지어의 대상으로 그리워하는 것이 고향이 아닐까요. 향토나 지방, 지역이 고향의 유일한 단위는 아니라고 생각합니다.

자신이 자라온 시대가 있고, 그 시대가 나 자신 안에 만든 베어링(bearing)이 있습니다.

베어링이란 기계 장치로, 회전축을 받치고 지지하는 축받이를 말합니다. 그 사람을 받치고 지지하는 것이 그 사람의 태도, 자세, 또는 그 사람의 위치, 나아가는 방향을 만든다는 의미입니다.

20세기의 백 년을 지나오면서 분명해진 것은 우리는 저마다 자신의 시대를 자신의 고향으로 가지고 있다는 것입니다. 자신이 태어나 자란 시대가 어떤 시대인가, 자신의 시대라는 회전축이 자신 안에 남겨놓은 축받이, 즉 베어링이 무엇인가, 라는 것입니다.

고향이 장소가 아니라 시대라는 의식을 전해준 사람 중에 밥 딜런이라는 가수가 있습니다. 그 밥 딜런의 장편 다큐멘터리 영화를 마틴 스콜세지 감독이 2005년에 만들었습니다. 《노 디렉션 홈(No Direction Home)》이라는 제목의 인상적인 영화입니다. 홈은 고향을 뜻하지만, 영어의 Home에는 자신이 태어난 땅뿐만 아니라 지금 살고 있는 장소, 그리고 묘지라는 의미도 담겨 있습니다. 밥 딜런이 부르는 노래의 주제는 언제나 시대와 홈이었습니다.

그 영화를 찍은 감독 스콜세지는 이런 말을 했습니다.

"《노 디렉션 홈》이라는 제목은 〈Like a Rolling Stone〉이라는 딜런의 노래에 나오는 인상적인 말입니다. '가야 할 집이 없다'라는 말인데, 우리는 홈에 다다르지 못할지도 모르고, 설령 다다른다 해도 그곳은 다른 곳일지도 모릅니다. 하지만 결코 다다르지 못한다 해도 우리는 온 힘을 다해 그곳으로 가려고 합니다. 다시 말해, 홈이란 그렇게 하는 동안에 생기는 것이고, 그 과정 안에 있다는 것입니다. 그리고 그것은 인생 전체의 원동력이 되기에 충분하다고 생각합니다."

오래전, 고향이란 멀리 있어서 그리워하는 것이라고 했습니다. 하지만 이제 고향은 어디에도 없어서 그리워하는 것이 되었습니다. 그런 21세기의 지금, 우리에게 고향이 무엇이고 홈이 무엇인지 묻는 것은 우리 자신이 어떤 방향 감각을 가지고 앞으로 어떤 시대를 희망하는가를 묻는 것이 아닐까 하고 생각합니다.

— 2007년 3월 26일

## 읽지 않는 독서

독서라고 하면 책을 읽는 것이라고 생각합니다. 읽는 것이 책인 것은 분명하지만, 읽는 독서가 독서의 전부는 아닙니다. 읽지 않는 독서도 본래 아주 중요한 독서이기 때문입니다.

읽지 않는 독서란 읽기 전의 독서입니다. 읽으려는데, 그 책이 눈앞에 없으면 그 책을 읽을 수 없습니다. 읽으려 해도 눈앞에 없는 책은 읽을 수가 없기 때문입니다. 읽지 않는 독서란, 그렇기 때문에 '읽기' 전에 '책이 여기에 있다'라는 것의 중요함을 받아들이는 것입니다.

독서란 책과 사귀는 법입니다. 하지만 지금 우리는 '읽는 독서', 즉 정보로서의 독서만을 중요하게 여겨, 저마다 책과 사귀는 법을 조금씩 잃어가고 있습니다.

무엇을 읽을까가 아니라, 어디서, 어떤 시간에, 어떤 자세로, 어떤 기분으로 읽을까. 책을 읽는다는 것은 그런 자기만의 방식을 지킨다는 성질을 가지고 있는 것이고, 또 그래야 합니다. 그런 의미에서 책이라는 문화가 가진 본래의 모습을 생각해봐야 하지 않을까요?

책이라는 문화를 만들고 지켜온 것은 책의 양식이었습니다. 예를 들면 종이책의 '철하기'는 책의 기술 양식입니다. '철하기'라는 양식은 읽지 않는 독서, 읽기 전의 독서, '책이 여기에 있다'라는 것의 소중함을 풍요롭게 만들어왔습니다. 말하자면 책 세계의 풍요로운 부엽토를 만들어온 것입니다. 그렇게 튼튼하게 '철해진' 책이 있었기에 독서의 세계가 풍요로워진 것입니다.

또는 책의 '형태'입니다. 어떤 형태든 책은 책이다, 라고는 할 수 없습니다. 정신을 담는 그릇으로서의 책의 풍요로움을 만들어온 것은 언제나 책의 '형태'였습니다.

책의 형태가 책의 세계를 그대로 보여주는 경우도 적지 않습니다. 읽지 않는 독서, 읽기 전의 독서, '책이 여기에 있다'라는 것의 소중함을 풍요롭게 해온 것도 책의 '형태'입니다. 늘 책의 기억을 또렷이 남겨준 것도 책의 '형태'입니다.

활자, 숫자, 서체, 색깔, 여백, 종이. 읽기도 전에 책을 읽을 수 있게 해준 것은 '책이 여기에 있다'라는 것을 우리 눈앞에 보여주는 모든 것, 책을 책의 모습으로 만든 그 모든 것입니다.

언젠가 저는 《책을 사랑하라》라는 작은 책을 냈습니다. 제목의 '책을 사랑하라'라는 것은 제가 그렇게 말한 것이 아닙니다. "책을 사랑하라"라고, 어느 날 눈앞에 있는 책이 제게 말을 걸어온 것입니다. 그것을 제목으로 한 책입니다. 첫 페이지에 짧은 시를 하나 지어 넣었습니다.

책을 사랑하라, 라고
인생의 어느 날, 말이 말했다.
그러면 백 년의 친구가 된다.
모르는 사람들과도.
바람을 몰고 오는 사람과도.
죽은 이들과도.
메아리와도.

처음에 책이 있고, 독서는 그다음에 시작됩니다.

책이라는 것, 말이라는 것은 어느 누구에게 소유되는 것이 아니라고 저는 생각합니다. 책이라는 것, 말이라는 것은 소유하는 것이 아니라, 맡아서 보관하는 것입니다. 글쓰기가 나의 말을 나 자신의 손에 맡기는 것인 것처럼, 책을 가진다는 것은 돈을 지불하고 그 책을 내가 만족할 때까지 맡아두는 것입니다.

자신에게 필요한 것만을 내 것으로 만들 때까지 책을 망가뜨리며 읽는 사람이 있습니다. 책 여기저기에 색색의 볼펜으로 선을 그어 꼼꼼히 읽는 사람도 있습니다. 하지만 맡아놓은 책을 망가뜨리고, 지워지지 않는 선을 긋거나 하면 맡아둔 책을 다음 시대에 돌려줄 수 없게 됩니다.

앞 시대, 동시대로부터 맡아둔 책을 다음 시대에 돌려준다. 읽지 않는 독서란, 책은 읽으면 끝이다, 라는 것이 아닙니다. 건네받아서 건네준다. 그렇게 주고받는 속에 나 자신을 둔다는 것입니다.

말이라는 것, 책이라는 것은 그렇게 되풀이하여 전해지며, 재생되어야 할 것은 되풀이하여 재생된다, 독서란 그런 것이라고 생각합니다.

— 2007년 7월 3일

## 별난 사람

옛날에는 '별난 사람' 취급을 받는 사람이 있었습니다. 지금은 별난 사람이라고 하면 수상한 사람이라는 생각이 드는 모양이지만, 예전에는 그렇지 않았습니다.

'별난 사람'이라는 말은 그 사람을 내치는 말, 따돌리는 말이 아니라, 오히려 인생을 대하는 태도와 자세가 남들과는 다른 사람을 가리키는 말로, 가치관이 다른 사람을 존중한다는 의미도 담긴 말이었습니다.

사회의 다양한 가치를 여러 가지 방식으로 독자적으로 실현해온 '별난 사람'. 예로부터 문학을 매력적으로 만들어온 것 역시 이런 '별난 사람'들의 이야기입니다.

"지금처럼 혼란이 극에 달한 시대, 저마다 뿔뿔이 흩어진 부분부분을 하나로 모아서 뭔가 보편적인 의의를 찾으려고 애쓰는 시대는 더더욱 그렇다. 대부분의 경우, 별난 사람은 사회의 일부분으로서 고립된 현상일 뿐이다.

하지만 만약 여러분이 '아니, 그렇지 않다'고 말해준다면, 내게는 분명 격려가 될 것이다. 왜냐하면 별난 사람이 '반드시' 일부분이거나 고립된 현상이라고는 말할 수 없을뿐더러, 오히려 별난 사람이야말로 전체의 핵심을 품고 있고, 동시대의 다른 무리들이 그 별난 사람으로부터 잠시 분리되어 있는 경우가 있기 때문이다."

이렇게 말한 사람은 《까라마조프의 형제들》을 쓴 도스토옙스키였습니다. 러시아를 비롯한 19세기 후반의 세상은 '별난 사람이 전체의 핵심을 품고 있던' 그런 시대였습니다. 그리고 도스토옙스키와 똑같은 시기에 미국에서 홀로 시를 쓰던 한 여성 시인이 있었습니다. 에밀리 디킨슨입니다.

지금은 에드거 앨런 포, 월트 휘트먼과 함께 19세기 미국의 가장 중요한 시인 중의 한 사람이지만, 생전의 디킨슨은 세상에 전혀 알려지지 않은, 시를 쓴다는 것조차 거의 알려지지 않은 사람이었습니다. 시인으로 알려지게 된 것은 쉰다섯 살에 세상을 떠난 후 시집이 출간되어 1789편(플랭클린

판. 존스 판은 1775편이다.)에 달하는 시가 널리 읽히고 나서였습니다.

그뿐만 아니라, 디킨슨은 그야말로 에밀리 디킨슨의 삶이라고밖에 할 수 없는 자신만의 삶의 방식을 지킨 사람이었습니다. 북미 뉴잉글랜드, 매사추세츠 주에 있는 애머스트라는 작은 대학촌의 메인 스트리트에 면한 커다란 벽돌집 이층에 살았던 그녀는 자기 방에서 나오거나 누군가를 만나는 일도 거의 없이, 처음부터 끝까지 일관된 삶을 보낸 지극히 별난 사람이었습니다.

디킨슨의 사진이 딱 한 장 남아 있습니다. 디킨슨은 자기 자신을 "손재주가 없고, 굴뚝새처럼 작은 몸집에, 머리칼은 밤송이처럼 뻣뻣하고, 눈동자 색은 마시다 남긴 컵 안의 셰리주 같다"라고 했습니다. 늘 흰 옷을 입고, 손에는 꽃을 든, 단호한 성격의 사람이었습니다.

제가 얼마 전에 번역한《에밀리 디킨슨네 집의 쥐》라는 책이 있습니다. 어느 날 에밀리의 방으로 이사를 온 흰 쥐 한 마리가 그런 디킨슨의 마음을 유일하게 열었다, 라는 재미있는 설정으로, 애머스트에 살았던 이 지극히 별난 사람의 비밀을 지금의 눈으로 더듬어간다는 내용의 책입니다. 소설이지만, 시인과 흰 쥐가 주고받는 편지에 디킨슨의 시가 실려 있습니다.

디킨슨에게 시란 편지였습니다. 편지는 레터(letter)이고, 레터는 글자입니다. 종잇조각에 적어 흰 쥐에게 보낸 첫 편지가 아래의 시 〈마음 하나가 부서지는 것을 멈출 수 있다면〉입니다. 에밀리 디킨슨이라는 시인을 생각할 때면 가장 먼저 떠오를 것 같은 인상 깊은 시입니다.

마음 하나가 부서지는 것을 멈출 수 있다면
나의 인생도 헛되지는 않으리라
생명 하나의 아픔을 달랠 수 있다면
고통 하나를 가라앉힐 수 있다면

한 마리 힘없는 울새를
다시, 둥지로 돌아가게 할 수 있다면
나의 인생도 헛되지는 않으리라

'별난 사람'이 동시대, 그리고 다음 세대에 남겨주는 것은 지금 우리를 똑바로 살아가게 하는 무언가입니다. 그게 무엇인지, 디킨슨의 시는 기도하듯 간결한 말로 전하고 있습니다. 사람이 사람으로서 가져야 할 존엄이라는 것입니다.

사람에게 존엄이 중요하다는 것을 온몸으로 전해준 사람은 언제나 '별난 사람들'이었습니다. 그런데 그런 '별난 사람'

의 독특한 존재가 어디론가 사라져버렸습니다. 그리고 무슨 일에든 평균치를 구하려는 우리 사회에 이제는 생기가 사라져버린 것 같습니다.

아무것도 할 수 없는 것은 아니라고, 애머스트의 '별난 사람'은 글로 남겨주었습니다. 지금도 여전히 '혼란이 극에 달한 시대'인지도 모릅니다. "한 마리 힘없는 울새를 다시, 둥지로 돌아가게 할 수 있다면 나의 인생도 헛되지는 않으리라." '별난 사람'을 한 명이라도 마음속에 품을 수 있다면 나의 삶은 달라집니다. '별난 사람'은 우리를 크게 북돋워주는 사람이기도 하기 때문입니다.

— 2007년 11월 3일

## 풍경이 주인공이다

지금 우리가 일상에서 사물을 보고 느낄 때, 가장 큰 영향을 주는 것은 아마 영상일 것입니다. 지금은 사물을 인식하고 생각하고 판단하는 것이 영상을 통해 사물을 인식하고 생각하고 판단하는 것과 거의 비슷하다고 할 수 있을 것입니다.

그렇게 우리를 움직여왔던 영상 세계가 이제 디지털 영상 세계로 급변했습니다. 그리고 그 디지털 영상이 뜻밖에도, 지금까지 영상이 만들어온 것, 즉 우리가 사물을 보고 느끼고 생각하는 법을 바꾸고 있다는 생각이 듭니다.

디지털 기술이 영상 세계에 가져온 것은 놀랄 만큼 커다란 화면, 그리고 그 화면에 비치는 놀랄 만큼 정교한 영상이 가져다준 새로운 '풍경'입니다.

더 멀고 더 세세한 것까지 극도로 선명한 영상을 보면서 깨닫는 것은 지금까지는 내내 배경일 뿐이기만 했던 '풍경'이 사실은 이 세상의 주인공이라는 것입니다.

우리가 사물을 보고 느끼고 생각하는 법이 영상의 영향을 받게 된 것은 대략 20세기의 백 년 동안입니다. 20세기 백 년의 시대에, 흑백에서 컬러로, 사진, 영화, TV, 비디오로 이어진 아날로그 영상 세계에서 주인공이었던 것은 유명하든 아니든 언제나 인간이었습니다.

오로지 인간이 이 세계의 주인공이었던 시대, 그것은 거꾸로 말하면 사람도 역시 '풍경'의 일부일 뿐이라는 것을 잊고 있던 시대라는 말이기도 합니다. 그리고 그것은 아날로그 영상 세계에서 극단적일 정도의 클로즈업 기법이 자주 사용되던 시대였습니다.

클로즈업된 사람의 영상은 우리가 사물을 보고 느끼고 생각하는 법에 분명한 영향을 끼쳤습니다. 뉴스, 드라마, 영화, 스포츠, 또 극히 개인적인 사진이나 영상에까지 효과적인 클로즈업 영상이 늘 요구되었고, 그렇게 만들어진 인상적인 클로즈업 영상이 우리가 보고 느끼고 생각하는 법에 미친 영향은 적지 않습니다.

그런데 이제 그런 클로즈업의 마술이 더 멀고 더 세세한 것까지 극도로 선명한 디지털 영상에서는 더 이상 큰 힘을 갖지 못하게 된 것은 아닐까요.

클로즈업이 아니라 오히려, 예를 들면 공중 촬영처럼 '풍경' 전체를 한 번에 잡을 때 가장 효과적인 영상을, 디지털 영상은 가져다줍니다. 그리고 '풍경'에 대한 넓고 선명한 감각을 불러일으키는 힘을, 디지털 영상의 시각은 품고 있습니다.

전체와 세부를 동시에 내다보는 듯한, '풍경'에 대한 넓고 선명한 감각을 불러일으킨다는 것은 새로운 기술이 부리는 마술 같은 것이 아니라, 오히려 '풍경'에 대한 시선을 멀리해온 클로즈업 시대 이전의 시각, 다시 말해 원초적인 시선을 되찾는 것이라고 생각합니다.

원초적인 시선으로 세상을 바라보아야 합니다. 세상의 '풍경'을 그린 〈어메이징 트리〉라는 제 시를 읽어보겠습니다.

큰 나무가 있었다. 나무는,
비의 아이다. 아버지는 햇빛이었다.
나무는, 잎을 틔우고, 꽃을 피우고, 열매를 맺었다.
나무 위엔 하늘이, 나무 밑엔 고요한 그림자가 있었다.
나무는, 말을 할 수 있었다. 할 수 있는 말은,
침묵의 말이다. 그 말은,

굵은 줄기와 세월로 이루어져 있고,
무수한 잔가지와 성상(星霜)으로 이루어져 있었다.
나무는 어디에도 가지 않는다. 어느 시대에도
그곳에 있다. 그곳에 나무가 있으면, 그곳에
물이 있고, 웃음소리와 따스한 어둠이 있다.
돌풍이 달려오고, 떠나갔다.
뭉게구름이 다가오고, 떠나갔다.
석양빛이 나무에 화살처럼 꽂혔다.
새들이 돌아오면, 밤이 깊어졌다.
그리고 아침, 하루가 영원처럼 시작된다.
코끼리와 물소가 찾아오고, 떠나갔다.
슬픈 사람들이 찾아오고, 떠나갔다.
이 세상에서, 사람은 아주 짧은 시간을,
땅 위에서 보낼 뿐이다.
일하고, 사랑하고, 잠들다가,
훌쩍, 어느 날, 모습을 감추는 것이다.
사람은, 커다란 나무 속으로.

시는 인간이 가진 가장 오래된 말의 형태입니다. 그리고 언제나 세상의 '풍경'을 바라보는 말, 말하자면 가장 디지털적인 말이었습니다.

'풍경'이란, 사막이나 바다나 산뿐만이 아니라 도시나 유적이 그렇듯이, '자연'과는 다른 것입니다. 인간이 할 수 있는 것은 '풍경'을 발견하고 '풍경'을 만드는 것입니다. 인간은 '풍경'을 만들어내지만, 남는 것은 인간이 아닙니다. 풍경입니다. 그렇게 풍경이 이 세상을 만들어왔고, 또 만들고 있다는 것을 잊어서는 안 된다고 생각합니다.

인간이 주인공이 되어 풍경을 무너뜨리고 아무것도 남기지 않는 것만큼 무참한 광경은 없습니다. 바쇼는 시의 마음이란 "나 자신을 그림으로 바라보는 마음"이라고 했습니다.

영상의 디지털 기술로 세상의 주인공이 '풍경'이라는 것을 다시 발견합니다. 풍경은 지극히 감각적이고 정신적인 경험을 우리 안에서 일깨워줍니다. 전체와 세부를 동시에 내다보는 디지털 영상이 가져다준 '풍경'의 시대에 가장 필요한 것은 시의 마음, "나 자신을 그림으로 바라보는 마음"일 것이라고 생각합니다.

— 2008년 1월 23일

## 사자(死者)와의 대화

해를 거듭하면서 누군가의 죽음을 알리는 소식을 듣는 일이 많아졌습니다. 주변 사람의 죽음. 50년 동안 만난 적 없는 어릴 적 친구의 죽음. 또는 한 번도 만난 적은 없지만 늘 가깝게 여겨지던 사람의 죽음.

문득 멈춰 서서, 또는 문득 고개를 들고, 지금은 없는 사람과 말하고 싶을 때가 있습니다. 지금 여기에 없는 사람과 말하는 것의 필요를 떠올려주는 존재. 사자란 그런 존재입니다.

여기에 없는 사람과 말하는 것. 사자와 말하는 것. 말없이 말하는 것. 말없이 말한다는 것은 지금 여기에 없는 사람에게 물음을 던지는 것입니다. 답을 구하기 위해서가 아니라, 답을 구하려 해도 이제는 답할 수가 없는 것이 사자이기에,

여기에 없는 사람에게 물음을 던지는 것은 그렇게 함으로써 나 자신을 격려하고, 나 자신이 격려를 받기 때문입니다.

그렇게 시간 속에 문득 멈춰 서서, 여기에 없는 사람에게 물음을 던지면서 스스로에게 다짐하고, 여기에 없는 사람과 말하면서 비로소 보이는 것이 있습니다. 우리는 저마다 하루하루 안에서 여기에 없는 사람과 말할 수 있는 장소를 만들어왔다는 것, 내 안에 그런 장소를 가지고 있다는 것입니다. 단지 그뿐이지만, 거창하게 말하면 그것이 사회의 문화를 만들어왔다고 생각합니다.

여기에 없는 사람과 말할 수 있는 장소란 여기에 없는 사람이 그곳에는 있다고 느껴지는 장소입니다. 무덤이 그렇습니다. 절이나 교회 같은 곳도 그렇습니다. 명절이나 축제 같은 행사도 그런 곳이 되지만, 그보다 훨씬 개인적인 예를 든다면, 여기에 없는 사람이 그곳에는 있다고 느껴지는 장소입니다. 바다를 보러 가고, 큰 나무 아래에 가고, 먼 곳이 바라다보이는 곳에 가고, 어느 마을에 가고, 모교에 갑니다. 또는 어떤 장소에서, 어떤 시간에, 어떤 술을 마시고, 어떤 음식을 먹습니다. 그리고 어떤 음악과 노래를 듣습니다.

그렇게 여기에 없는 사람과 말할 수 있는 장소란 무엇일까요? 무덤도, 절도, 교회도, 축제도, 계절도, 또는 바닷가도, 산길도, 큰 나무도, 마을도, 가게도, 술도, 그림도, 노래도, 그 모든 것이 '책'입니다. 게다가 다른 무엇과도 바꿀 수 없는 '한 권의 책'이라고 생각합니다.

일본어의 '책(本)'이라는 말을 사전에서 찾아보면 근본, 사물의 시작, 기초가 되는 곳, 처음부터 있는 것, 중심이 되는 것, 임시가 아닌 것, 지금 문제가 되고 있는 것, 그런 일상적인 의미를 가진 말입니다.

사람이란 살아 있는 책이라고 생각합니다. 그렇기 때문에 사람은 누구나 '한 권의 책'을 남기고 죽습니다. 글로 쓰인 책이든 그렇지 않은 책이든 말입니다. 사자와 이야기한다는 것은 사자가 남기고 간 책을 혼자서 읽는 것이라고 생각합니다.

아래는 제가 지은 〈레몬을 들고 있던 노인〉이라는 시입니다. 지금은 여기에 없는 사람에 대해서 쓴 시입니다.

읽는 것은 걷는 것이다.
걷자. 하늘에서 새소리가 났다.
거리로 나간다. 나의 거리를,
처음 걷는 거리처럼 걷는 것이다.
신선한 채소가게가 있었다. 생선가게가 있었다.
꽃집이 있었다. 과자가게가 있었다.
광고탑이 있었다. 약국이 있었다.
잡화점이 있었다. 책방이 있었다.

아니다, 우리는 이런 곳에 오고 싶었던 게 아니다, 하고 늘 생각했습니다. 사람만 중심이 된 지금도 꿋꿋이 살아가는 자연의 들풀에게 배우며, 어떻게 하면 대화의 시간을 되찾을 수 있을까 생각한 저는 거의 3년에 걸쳐 장르의 벽, 세대의 벽, 국경의 벽을 넘어 열한 명의 사람들과 대담을 이어왔습니다. 그 대화의 기록을 정리한 것이《묻는 힘—시작의 커뮤니케이션》이라는 책인데, 그렇게 시간과 장소를 함께하면서 느낀 것은 대화의 어려움보다는 대화의 즐거움, 재미였습니다.

25년 전 동물원에서 사육사로 일하며 동물에게서 대화를 배운 그림책 작가 아베 히로시 씨, 축구 일본 대표 감독 오카다 다케시 씨, 록이라는 대화의 세계를 지켜보아온 방송인이자 음악평론가 피터 바라칸 씨, NHK《클로즈업 현대》의 뉴스캐스터 구니타니 히로코 씨, 한국 드라마《내 이름은 김삼순》에서 주연을 맡은 배우 김선아 씨, 영화감독 고레에다 히로카즈 씨, 만담은 대화라고 하는 만담가 가쓰라 우타마루 씨, 제네바 군축회의 대사였던 이노구치 구니코 씨, 화제를 모았던 한국 드라마《태왕사신기》의 연출가 김종학 씨, 그리고 작가 세토우치 자쿠초 씨, 건축가 구마 겐고 씨.

이 열한 명의 사람들과 긴 시간에 걸쳐 대화를 나누며 알게 된 것이 있습니다. 많은 말을 하는 것이 아니라, 침묵하는 것이 대화를 풍요로운 시간으로 만든다는 것입니다. 한쪽이 이야기할 때 다른 한쪽은 침묵합니다. 대화에서 침묵한다는 것은, 다시 말해 듣는다는 것입니다.

대화의 시간이란, 결론을 내고, 합의를 바라고, 결말을 짓고, 성과를 올리기 위한 시간과는 다릅니다. 또 진정한 의미를 찾고, 속마음을 털어놓고, 마음을 열기 위한 시간과도 다릅니다. 쟁론이나 토론처럼 각자의 '생각'을 밀어붙이는 것도 아니고, 온갖 지식을 펼치는 자리도 아닙니다. 대화의 시간이란 서로의 말을 실마리로 삼아 함께 생각하는 시간을 갖는 것, 확인하면서 찬찬히 생각하는 시간을 함께하고 나누는 방법입니다.

대화의 시간이라는 것은 같은 시대를 살면서 '생각'이 아니라 '생각하는 방법'을 공유하기 위한 시간이라고 해도 좋을지 모릅니다. 과정을 중시하지 않고 결론만 쫓기 때문에, 자칫하면 궤변이 되거나 대화를 막는 말이 많아진 것 같은 지금, 우리에게 부족한 것은 그런 '생각하는 방법'을 공유하기 위한 과정으로서의 대화 시간이 아닐까요.

대화에는 결론이 없습니다. 대화는 과정이 전부입니다. 과정을 풍요롭게 만들어야 합니다. 봄이 되었습니다. 과정이 전부라고 말해주는 눈앞의 봄 풍경을 보며, 사람은 더 많이 대화를 배워야 한다고 생각합니다.

— 2009년 3월 20일

## 50년째의 러브레터
### —아내에게 보내는 조문을 대신하여

이렇게 오늘 이 자리에 여러분이 와주셔서, 아내는 아무 말도 할 수 없지만, 그저 기뻐하며 웃고 있을 것만 같습니다.

3년 전 난소암 판정을 받고, 국립 암센터에서 아홉 시간 반의 수술, 그리고 두 번에 걸친 길고 힘든 항암 치료로 일희일비의 나날을 반복해왔고, 그 후 또 재발하여 앞으로 두 달을 더 살 수 있다는 말을 들은 것이 올 4월이었습니다. 하지만 산소호흡을 하면서도 아직 한 달은 더 살 수 있었는데도, 6월 4일, 갑자기 폐에 물이 차올라 호흡부전으로 구급차에 실려 갔고, 병원에 도착했지만 바로 세상을 떠나버렸습니다.

각오는 하고 있었습니다. 하지만 그것은 생각지도 못한 갑작스러운 죽음이었습니다. 마지막의 마지막까지, 눈을 감기

50분 전까지도, 괴로워하면서도 좋아하는 꽃과 고양이가 있는 집에서, 자신이 해야 할 일은 전부 다 마무리 해놓은 뒤의 뜻밖의 죽음이었습니다.

마지막 며칠 동안은 과일을 먹을 수 없게 되고 책 읽기도 힘들어해서, 가지이 모토지로의 〈레몬〉 같은, 과일이 나오는 소설을 침대 옆에서 읽어주면 기뻐했습니다. 아내는 잘 듣는 사람이었습니다. 아쿠타가와 류노스케의 〈귤〉을 읽어주었을 때는 "좋은 이야기네" 하고 말했습니다. 곁에서 간호하면서 가장 기쁠 때는 아픈 사람이 칭찬을 해줄 때입니다. 그래서 저는 〈해질녘이 아름다운 계절〉이라는 시를 지어, 아내의 머리맡에서 읽어주었습니다.

흙 냄새, 풀 냄새,
물 냄새가, 스윽 흘러들어왔다.
그러자, 활짝 열린
기차의 차창으로
상반신을 내민 소녀가,
팔을 힘껏, 좌우로 흔들어,
귤을, 대여섯 개쯤,
저물 듯 저물지 않는 하늘로, 던져 올렸다.
노을빛으로 물든 채 펼쳐지는 풍경과,

하늘에 흩날리는, 몇 개의 귤의,
따스한 햇빛에 물든
선명한 색. —
귤은, 하늘에서 흩날리다가,
눈 깜짝할 사이에, 뒤로 날아가버렸다.
일어난 일은 단지 그뿐이다.
그런데, 신기하게도 명랑한 기분이,
가슴 벅차게, 솟구쳐 오른 것이다.
그렇게 글을 쓴 사람은, 그때
그 기차에 타고 있던 아쿠타가와 류노스케였다.
그러고 나서, 피로와 권태와, 애처로울 만큼
불가해하고, 하등하며, 지루한 인생을,
조금이나마 잊을 수 있었다, 라고.
해질녘이 아름다운 계절이 돌아오면,
아쿠타가와 류노스케의 해질녘의 말을 떠올린다.
내내, 하늘을 올려다보고 싶어진다.
언제까지나, 해가 질 때까지.
거의 백 년 전, 기차의 차창에서,
누군지도 모르는 소녀가 던져 올린
선명한 색의 귤이, 후두두둑,
희망처럼, 마음 위로 떨어져 내릴 때까지.

이 시는《살다[住]》라는 계간 잡지에 실린 것입니다. 이 잡지에 제가 연재하고 있는 'Made in Poetry'라는 권두시 코너의 서른 번째 시로, 가장 최근에 지은 시입니다. 그중에서 스물다섯 번째 시까지 모아 엮은 시집이 한 달 전쯤에 나온《세상은 아름답다고》라는 책입니다.

그 시집이 나온 것과 아내가 남은 시간을 선고받은 것이 거의 비슷한 시기였습니다. 책이 집에 도착하자, 아내는 침대에서 그 시집을 며칠 동안 내내 읽었습니다. 제가 쓴 시를 가장 먼저 읽어준 독자는 언제나 아내였습니다. 그리고 아내이기 이전에, 50년 전 처음 만난, 와세다대학 독문과를 다니던 동급생이자 마지막까지 가장 좋은 친구였습니다. 작년 늦가을, 둘이서 베를린에 간 것이 마지막 여행이 되었습니다.

오늘 여러분이 와주셔서 아내가 무척 기뻐하고 있을 것 같습니다. 아내는 이제 아무 말도 할 수 없지만, 고인의 침묵을 따뜻이 품고 돌아가주신다면 더 이상의 위로는 없을 것입니다.

이제 아내에게는 "안녕"이라는 말을 해야겠지만, 고인이 살아 있는 동안의 기억을 이렇게 여러분과 함께할 수 있어 깊이 감사드립니다. 오랫동안 정말 감사했습니다.

— 고 오사다 미즈에(1940~2009) 경야에서

## 고양이와 살다

저는 고양이와 살고 있습니다. 키우는 것이 아니라 함께 살고 있습니다. 저에게 고양이는 말하지 않는 철학자 같은 존재로, 제 말에 잘 귀 기울여주는 하루하루의 대화 상대입니다.

인간의 말을 갖지 않는 고양이의 말은 하루하루의 습관입니다. 고양이의 하루하루를 만드는 것은 고양이의 하루하루의 습관이기 때문입니다. 식사 시간. 산책 시간. 잠자는 시간. 고양이와 함께 있으면, 고양이가 하루하루를 만들고 지켜가는 습관이, 하루하루를 살고 사용하고 유지하는 방식이라는 것을 잘 알게 됩니다.

그 고양이의 습관이 그 고양이의 개성입니다. 고양이와 살고 있으면, 자기도 모르는 사이에 습관의 힘이라는 것을 강하게 의식하게 됩니다. 각자의 삶의 방식을 만드는 것은 각자의 몸에 붙은 습관이고, 습관이라고 불리는 각자의 하루하루의 모습이며 또한 각자 자기 인생의 시간을 쓰는 법이라는 것을 말입니다.

하지만 인간은 아무래도 그렇지 않은 것 같습니다. 습관의 힘을 인정하고 싶어 하지 않습니다. 습관은 타성이다, 타성은 좋지 않은 것이다, 라고 생각합니다. 사실 '타성'을 사전에서 찾아보면, '지금까지의 습관'이라고 나와 있어, 생활습관병이라느니 습관에 빠진다느니 하며 지금은 습관이라는 것이 부정적인 의미로 쓰이는 경우도 많아졌습니다.

하지만 정말 그럴까요? 습관을 타성으로밖에 생각하지 않게 된 것은, 습관이라는 것이 몸에 붙지 않게 된 요즘 사람들의 그야말로 타성적인 변명이 아닐까요? 습관의 생물인 고양이와 하루하루를 함께하고 있으면 그런 생각이 듭니다.

습관의 가장 큰 특징은 그것이 불문율이라는 것입니다. 습관이란 명문화되어 정해진 것이 아닙니다. common sense, common law와 마찬가지로, 좀 더 막연한, 좀처럼 말로 표현할 수 없을 것 같은 모호한 것, 모호하지만 나에게는 분명히 느껴지는 것, 나 자신을 유지하는 것, 타인과 공유되는 어떤 것입니다.

하루하루의 습관을 만들고, 하루하루의 모습을 유지하는

것, 모호하지만 분명한 것을 가리키는, 모호하면서 분명한 어휘, 그런 말들이 전에는 일상에 많이 있었습니다. 요령을 부리다, 감이 좋다, 재치가 넘친다, 솜씨가 있다, 기량이 뛰어나다, 호흡을 맞추다, 가슴에 담다, 오기를 부리다, 척하면 척이다, 암묵적인 이해, 그런 말들. "알고 있어"라는 말은, 굳이 말하지 않아도 안다는 뜻이었습니다.

지금은 달라졌습니다. 굳이 말하지 않으면 아무것도 알 수 없어졌습니다. 조금 전에 나열한 그런 말들이 지금은 핑계를 댈 때 쓰이는 경우도 많아졌습니다. 오늘날 자주 널리 쓰이는 어휘는 대부분 설명의 어휘들입니다. 하지만 그렇게 해서 더 잘 이해할 수 있게 되었나 하면, 오히려 더 알기 어려워졌습니다. 매뉴얼 등에서 볼 수 있는 난해하고 불분명한 문장이 그 좋은 예입니다.

지금은 어디를 보아도 온통 설명으로 가득한 시대이지만, 보고 듣고 느끼고 생각하여, 그것이 아름답다고 말하는 데에 도대체 설명이나 변명이 필요할까요. 아름답다고 말하려면 아름답다고 말하면 됩니다. 그저 그뿐인 것이, 설명의 시대인 오늘날에는 오히려 어려워지고 있는 게 아닐까요.

하지만 말로는 할 수 없는 많은 것들로 이루어진 것이 사실은 인간의 삶이라는 작은 시간이라고 생각합니다. 소리 없는 음악처럼 손에 잡히지 않는 것, 하지만 선명히 감각되는 것을 말로 설명하려고 하면, '무언가'라고밖에는 말할 수 없을 것 같은 소중한 무언가를 오히려 놓쳐버리게 됩니다.

말이 없는 작은 철학자인 고양이와 하루하루 살아가는 동안 〈세상은 아름답다고〉라는 시로 나 자신을 써 내려갔습니다.

아름다운 것의 이야기를 하자.
언제부터였을까. 문득 생각해보니,
아름답다는 말을, 망설임 없이
말하는 것을, 아무도 하지 않게 되었다.
그 뒤로 우리의 대화는 가난해졌다.
아름다운 것을 아름답다고 말하자.
바람의 냄새가 아름답다고. 계곡의
돌을 따라 흐르는 물결이 아름답다고.
오후의 풀 위로 떨어진, 구름의 그림자가 아름답다고.
멀리 나지막한 산들의 고요함이 아름답다고.
반짝이는 강가의 빛이 아름답다고.
큰 나무가 있는 마을길이 아름답다고.
오고 가는 무심한 인사말이 아름답다고.
꽃들이 있기에 깊이가 있는 골목길이 아름답다고.
비 오는 날, 집집마다 지붕의 색이 아름답다고.

굵은 가지를 하늘 가득 펼친,
늦가을 고찰(古刹)의 큰 은행나무가 아름답다고.
겨울이 오기 전, 어느 흐린 날,
남천나무의 작고 붉은 열매가 아름답다고.
좀작살나무 열매의 보라색이 아름답다고.
지나가는 계절이 아름답다고.
담박하게 늙어가는 이의 모습이 아름답다고.
도대체, 뉴스라고 불리는 하루하루의 파편이,
우리의 역사라고 말할 수 있는 걸까.
산뜻한 하루하루야말로, 우리의 가치다.
아름다운 것을 아름답다고 말하자.
아기 고양이와 노는 한때가 아름답다고.
종려나무 가지를 태워, 재로 만들어 뿌린다.
무엇 하나 영원한 것은 없고, 언젠가는
모든 것이 티끌로 돌아가기에, 세상은 아름답다고.

자신은 자신의 시간을 살아가는 존재, 그것도 본연적으로, 자신의 시간을 잘 살아가려고 하는 존재라는 것을 확인하고 다짐할 수 있어야 한다. 습관의 힘으로 모든 것을 말해주는 철학자 고양이는 너무도 당연하다는 듯이 그것을 하루하루를 통해 보여주고 있는 것 같습니다.

보고 느끼고, 듣고 생각한다. 마음의 그런 움직임의 근원이 되는 하루하루의 습관의 힘.

습관이란 그저 타성이 아니라, 살아 있는 것이 가진 소질이면서 능력이기도 합니다. 그것을 좀 더 내 안에서 분명하게 자각하여 끊임없이 지켜가고 싶습니다.

— 2009년 8월 20일

## 장서의 미래

제가 책방에서 내 책이라고 부를 수 있는 책을 스스로 사게 된 것은 중학생 때입니다. 1950년대 초, 그때 중학생이었던 제가 산 책은 그 후로 지금까지 가지고 있습니다.

세월이 흐르는 동안 나도 모르게 잃어버린 책도 많아졌지만, 지금도 수중에 남아 있는 것은 그때 이와나미 출판사에서 새로 신서판으로 나오기 시작한, 아쿠타가와 류노스케 전집 열아홉 권과 별권 한 권을 합친 스무 권의 책입니다.

책을 펼치면 하얀색의 맨 첫 페이지에 '오사다 장서'라는 붉은 도장이 찍혀 있습니다. 아버지가 저를 위해 도장 가게에서 만들어준 것인데, 매달 한 권이 나올 때마다 한 권씩, 중학생인 저는 손에 넣은 책에 도장을 찍었습니다.

그 도장도 어느새 잃어버렸지만, 아쿠타가와 전집 전권에는 그때 찍은 도장이 그대로 남아 있습니다. 그때 매달 사서 손에 넣은 아쿠타가와 전집에 '이것은 내 책이다'라는 도장을 찍으면서, 저는 책과 나를 잇는 소중한 것, 말하자면 '장서'라는 개념을 서서히 얻게 되었습니다.

'독서'가 책이라는 문화의 경험을 이루는 전부는 아닙니다. '독서'란 책을 읽는 것이지만, 책을 읽는 것을 가능하게 만든 것은 '장서'입니다. 책이라는 문화의 근본을 지켜온 것은 '장서'였습니다.

사회적인 '장서'로서 사회의 토양을 만든 것은 말할 것도 없이 도서관이지만, 지금은 사적인 장서를 생각해봅니다. 사적으로 책을 간직하는 것, 그런 무척이나 개인적인 경험이 지금은 많이 사라졌습니다.

아쿠타가와 류노스케가 세상을 떠난 해인 1927년에, 아쿠타가와가 쓴 짧은 서문과 함께 나온《난쟁이의 말》이라는 책이 있습니다. 제가 가지고 있는《난쟁이의 말》은 1940년에 나온 제10판인데, 태평양 전쟁이 발발하기 전에 나온 이 책에는 맨 처음 이 책을 구입한 사람의 아름다운 장서인이 찍혀 있습니다.

아쿠타가와의 책 자체가 가진 매력도 있지만, 제가 이 책을 헌책방에서 구입한 것은 지금도 선명히 남아 있는 그 도장에 마음이 끌렸기 때문입니다. 이렇게 '이것은 내 책이다'라는 확인을 통해, 벽돌을 하나하나 쌓아 올리듯 책을 '자신의 인생'으로 만들어가는 문화, 책에 장서인을 찍는 일상의 문화가 있었습니다.

장서인은 책 문화의 오랜 전통이라고 생각하시겠지만, 붉은색의 장서인을 찍는 것은 메이지 시대 이후의 일로, 그전에는 검은색이었다고 합니다.

그리고 또 하나, 장서인은 아니지만 '이건 내 책이다'라는 의미의 도장이 새겨진 책이 있습니다. 어쩌면 그 책을 읽는 사람에게 큰 의미가 있을 것 같은 개인적인 경험이 '그때'의 날짜로 남아 있는 책입니다.

예를 들면, 《40년의 수확》이라는 번역서입니다. 요즘 책에는 볼 수 없는 독특하고 세련된 판권 페이지를 보니, 이 책이 출간된 것은 1941년 11월 15일이었습니다. 그 후 3주쯤 지난 12월 8일, 태평양 전쟁이 일어납니다. 맨 처음 이 책을 산 사람은 이 책을 산 날짜와 장소를 맨 뒤 페이지에 만년필로 써 놓았습니다. 진주만 공격으로 전쟁이 시작되고 난 지 8일 후입니다. "1941년 12월 16일, 니혼바시 마루젠 서점"

《40년의 수확》은 1940년에 프랑스를 점령한 독일군의 포로수용소로 보내져 강제 노동에 동원된 어느 프랑스 역사가가 포로의 몸으로 기록한 일기를 엮은 책입니다. 그 책에 담긴 것은 오로지 전쟁의 어리석음, 덧없음, 허탈감, 피로감입니다. 저자인 자크 브누아 메샹이 전쟁 후에 쓴《사막의 표범 이븐 사우드》와《회색 표범 무스타파 케말》이라는 중동의 두 거인을 그린 전기는 일본에서도 널리 읽힌 책입니다.

그 역사가가 전쟁 포로의 몸으로 쓴 일기가, 동시대에 막 전쟁이 터진 바로 그때 그 책을 손에 넣은 이름 모를 이국의 독자에 의해 장서인이 찍혀, 그 나라가 패전한 후까지 손상되지 않고 남게 된 것입니다. 그리고 그렇게 니혼바시의 마루젠 서점에서 누군가의 손에 들어간 그 책이 그 후 68년이 지난 지금까지, 망가지지 않은 채, 여기에 있는 것입니다.

'장서'가 말해주는 것은 그 책이 가져다주는 기억입니다.

그 책이 그때 그곳에 있었다는 것을 전해주는 것이 '장서'입니다. '장서'란 마치 벽돌을 하나하나 운반해 스스로 쌓아올리며, 책이 전해주는 기억을 담는 집을 스스로 만들어가듯, 자신의 일상을 만들어가는 하나의 수작업이었습니다. 그런 '장서'의 힘이 사라지고 있습니다. 그 때문에 기억하는 힘, 전달하는 힘까지 인터넷에 의존하며 약해지고 있습니다. 그것이 지금 우리의 문제가 아닐까 하고 생각합니다.

— 2009년 12월 16일

# 서경(敍景)의 시

사람은 늘 풍경 속에 살고 있습니다. 풍경이 없는 인생이란 없습니다. 풍경 속에서 살아가는 것이 바로 인생이라고 해도 좋을 것입니다.

그럼에도 불구하고, 우리의 하루하루를 함께하는 눈앞의 풍경만큼 사람들이 보고 있지 않은 풍경도 없습니다. 서로의 인간관계가 전부인 것 같은 하루하루를 눈앞에 두고 있으면, 풍경은 그런 하루하루의 배경밖에 되지 못할 때가 많습니다. 하지만 나중에 떠올려보면, 마음속에 선명히 남아 있는 것은 늘 하루하루의 배경일 뿐이었던 하루하루의 풍경이라는 것을 깨닫습니다.

예부터 사람의 인생을 이야기할 때, 그 사람이 살아온 풍경으로 이야기한 것은 서경시의 말이었습니다. 서경이란 풍경을 서술하는 것, 풍경을 시로, 말로 표현하는 것입니다. 다른 어떤 말보다 사람의 하루하루를 지켜주는 말은 어떤 시대든 풍경을 말로 표현하는 서경시의 말이었습니다.

서경의 말이 사람의 마음을 얼마나 강하게 움직일까요. 예를 들면 지금도 널리 애창되는 가곡에서 느껴지는 그리움은, 그 노래가 불러일으키는 풍경의 그리움, 즉 서경의 말이 주는 매력입니다. 〈저녁놀 작은 놀〉, 〈고추잠자리〉, 〈으스름달밤〉, 〈그 길〉, 〈바닷가의 노래〉. 그 노래를 아는 사람은 제목만 들어도 그 노래가 마음속에 불러일으키는 풍경이 떠오릅니다.

그 노래 속에서 저마다 떠올리는 것은 그 노래 속에서 불리고 있는 풍경이 아니라, 그 노래 너머에서 발견한, 나 자신을 지켜주는 풍경입니다. 아무리 감상적이고 서정적으로 느껴지는 노래라 해도, 그 노래의 기둥이 되는 것은 감상과 서정이 아니라, 서경입니다. 무엇보다 먼저 풍경이 없으면 안 되는, 풍경의 노래입니다.

민요나 속요, 유행가, 또는 하이쿠나 한시. 무엇이 됐든 마음에 머무는 무언가가 거기에 있다고 느껴질 때, 그런 말을 만났다는 느낌이 들 때, 거기에 있는 것은 서경의 시, 서경의 말이 아닐까요. 사람이 어떤 말에 끌리는 이유는 그 말에서 자신의 풍경, 자신의 삶의 풍경, 자신을 지켜주는 느낌이 드는 풍경을 발견하기 때문입니다.

태평양 전쟁이 한창일 때 그 시대를 살았던 이 나라의 사람들이 힘들 때면 〈저녁놀 작은 놀〉이라는 노래를 자주 흥얼거렸다는 말을 들은 적이 있습니다. 그 노래가 전쟁을 멈출 수는 없습니다. 하지만 그것이 전쟁의 시대를 살았던 누군가를 개인적으로 지켜주는 노래가 될 수 있었다고 한다면, 그건 분명 그 노래 속에, 그 사람이 그 속에서 살고 싶다고 생각하는 풍경의 끌림이 있었던 것입니다. 그것이 서경시의 힘입니다.

전쟁의 시대란 관념이 폭력이 되어 버젓이 돌아다니는 시대입니다. 하지만 어떤 세상에서든 관념의 폭력에 굴하지 않는 영역을 사람들의 마음속에서 지켜온 것은 서경시의 말이었습니다. 저는 그렇게 생각합니다. 인간이 인간을 이 세상의 주인공으로 생각할 때 반드시 생겨나는 것이 관념의 폭력이지만, 애초에 인간이 이 세상의 주인공일까요?

《세상은 아름답다고》라는 시집에 실린 〈괜찮아, 하고 스피노자는 말한다〉라는 시에서 저는 이렇게 썼습니다.

세 개의 강과,
사방을 둘러싼 언덕과,
흰 연기가 옅게 흐르는

활화산이 있는 스소노 마을에서,
풍경의 아이로,
언제나 하늘을 올려다보는 인간으로,
나는 자랐다.
아침, 정오, 해질녘,
혼자서, 말없이, 하늘을 올려다본다.
— 뭐가 보이니?
— 아무것도 안 보여.
아니다. 하늘을 올려다보면,
너무나 아름답게 펼쳐진 것이 보인다.
아니, 보이는 게 아니다. 느껴진다.
스피노자에 대한 작은 책을
오후 내내 읽었다.
세상이 존재하는 건, 누구를 위한 것도 아니다
라고, 스피노자는 말한다.
중요한 건, 하늘 아래에 존재한다는
열린 감각이 아닐까.
하늘 아래에 있는
작은 존재로서,
지금, 여기에 있다, 라는 것.
한밤중에는, 창가에서, 하늘을 올려다본다.

밤하늘은 사람의 감정을 무구하게 만든다.
구름 없는 밤에는, 별을 헤아린다.
비 오는 밤에는, 잃어버린 것을 헤아린다.
괜찮아, 하고 스피노자는 말한다.
잃을 것은 아무것도 없어.
지킬 것은 처음부터 아무것도 없어.

서경의 시에서 사람은 이 세상의 주인공이 아닙니다. 언제나 풍경보다 훨씬 작은 존재, 겸손함을 아는 존재입니다. 지금은 어떨까요? 사람은 지금 풍경의 아이로서의 자신을 잃어버린 것은 아닐까요? 자신의 풍경을 잃어버린, 풍경이 없는 존재처럼 되어버린 것은 아닐까요?

풍경이 없는 시대. 사람이 서경의 시를 자신 안에 품고 있지 않은 시대. 그것이 지금 이 시대처럼, 사람이 느긋하게 지낼 수 없는 시대입니다. 그렇기 때문에 사람의 존재를 자유롭게 하는 새로운 서경의 시를 자신의 안에서 늘 키워 나갈 수 있어야 합니다. 그것이 시작입니다.

— 2010년 4월 12일

## 아름다운 책의 필요

한 권의 책을 만들었습니다. 글과 그림을 함께 한 권으로 엮은 책입니다.《시 두 편》이라는 무덤덤한 제목의 이 책을 만든 것은 이 한 권의 책을 통해 아름다운 책의 모습이 무엇인지 알고 싶다는 생각에서였습니다.

한 권의 책은 그 안에 쓰여 있는 말이 전부가 아닙니다. 책은 그릇입니다. 말이 된 생각과 말이 되지 못한 생각을 한 권의 책이라는 그릇 안에 어떻게 담을 수 있을까, 그것이 책의 세계를 만들어왔습니다.

처음에는 제목 그대로 두 편의 시가 있었습니다. 그것은 이제 여기에 없는, 이미 떠나가버린 사람에게, 지금 여기에 남아 있는 한 사람이 보내는 무언의 인사말을 시로 쓴 것입니다. 이 두 편의 시를 써 내려가는 동안 제 마음속에 내내 머물러 있던 것은 구스타프 클림트의 나무와 꽃의 그림이었습니다.

세기말 오스트리아 빈의 화가 클림트는 꽃과 나무의 그림을 많이 남겼습니다. 저는 늘 그 꽃과 나무의 그림에 강하게 끌렸습니다. 그렇다기보다는 클림트의 꽃과 나무 그림 그 자체가 이 책에 실린 〈꽃을 들고 만나러 간다〉와 〈인생은 숲속의 하루〉라는 시 두 편의 모티프가 되었던 것입니다.

꽃과 나무들로 가득 채워진 클림트의 그림. 늘 되풀이되는 계절의 풍경 속에 화가가 조용히 그려 넣은 죽음과 재생의 기도. 시와 그림 사이에는 대충 백 년의 거리가 있지만, 그 거리를 사이에 두고, 시와 그림이 한 권의 책 속에서 푸가처럼 서로 응답하는 것 같은 책을 만들 수는 없을까 생각했습니다. 이 책을 만드는 시간은 그때부터 시작된 것입니다.

출발점이 된 것은 한 연에 세 줄씩, 두 편의 시입니다. 시와 그림이 서로 주고받는 이 두 편의 시만으로 한 권의 책을 만듭니다. 책을 만드는 것은 찰흙으로 모양을 빚는 행위와 같습니다.

맨 먼저 생각한 것은 구체적으로 몇 페이지의 책을 만들까 하는 것이었습니다. 종이책의 출발점은 페이지입니다. 전체 페이지 수에 따라 그 책의 형태가 정해집니다. 종이책은 어떤 경우든 짝수로 페이지가 끝나는 세계입니다. 짝수의 세계가 종이책의 세계입니다. 홀수 페이지의 책은 없습니다. 한 장에 두 페이지인 것이 종이책이기 때문입니다. 원고를 몇 번이나 읽은 편집자가 48페이지로 하는 게 어떻겠냐고 제안하기에, 이리저리 맞춰보다가 책을 펼쳐 좌우 양쪽의 두 페이지를 하나의 단위로 하자고 생각했습니다.

어떤 말과 어떤 그림이 서로를 부를까. 천천히 확인하면서 이것저것 시도해보고, 대략 정해졌을 때쯤 시와 그림을 복사해 가제본을 만들고, 그것을 바탕으로 또다시 작업을 이어갑니다. 그러다가 보관용 케이스도 만들기로 했습니다.

책은 큰 책보다 작은 책을 만드는 것이 더 어려울지도 모릅니다. 원래 이 책은 아름다운 책의 모습을 궁리한 것이 출발점이 되었지만, 아름다운 책이란 온갖 치장을 한 책을 말하는 것이 아닙니다. 제가 생각하는 아름다운 책이란 행복한 책입니다.

'행복한'이라는 것은 오스카 와일드의 〈행복한 왕자〉에서 말하는 '행복한'이라는 의미입니다. 와일드의 행복한 왕자는 죽어서 납의 심장을 가진 동상이 되었고, 그제야 비로소 진정한 행복은 giving, 나눔을 통해서만 얻을 수 있다는 것을 깨닫습니다. 《시 두 편》이라는 한 권의 시집이 만들어지는 동안 새삼 떠오른 것은 그런 giving book 같은 아름다운 책,

행복한 책이라는 책의 모습입니다.

시집이나 그림책, 동화책 같은 책은 그 책의 형태를 통해 오래전부터 그런 giving book으로서 아름다운 책, 행복한 책이라는 모습을 전해왔습니다.

와일드의 행복한 왕자의 사자(使者)가 되어 왕자의 소원을 이루어주고 차가운 거리에서 죽어가는 겨울의 제비는 말합니다.

"이상해요. 전 지금 너무나 따뜻한 느낌이 들어요. 날씨가 이렇게 추운데도."

이런 느낌을 남길 수 있는 행복한 책일 것.

말이 뭐라고 생각해?
결코 말로 할 수 없는 생각이,
여기에 있다고 가리켜주는 것이, 말이다.

종이책이 오랜 시간을 들여 만들어온 것은 말하자면 정신의 그릇이 되어준 책이었다는 것을 생각합니다. 《시 두 편》이라는 책에서 무엇보다 제가 얻고 싶었던 것은, 물체가 아닌 말에서 분명한 감촉이 전해질 것 같은, 오늘날 자칫 잃어버리기 쉬운 그런 책의 모습이었습니다.

— 2010년 6월 30일

## 문화는 습관이다

헤이안 시대의 궁중을 무대로 한 연애 이야기를 보면, 서로의 마음을 주고받을 때는 늘 시로 보내고 시로 답을 받습니다. 상대방이 못마땅할 때는 시도 글도 아무것도 없이, 패랭이꽃 한 송이를 황매화색 안피지에 싸서 심부름꾼에게 건네줍니다. 그렇게 되풀이하여 주고받는 것이 그대로 이야기가 되어갑니다. 그렇게 마음을 주고받는 습관이 그 시대의 문화였습니다. 그런 습관을 지켜온 것은 무엇이었을까 생각해보면, 시를 쓰고, 시를 보내고, 답장을 보내는 것, 그런 리터러시(literacy), 즉 읽고 쓰는 능력입니다.

문화가 습관이 되는 데 결정적인 힘이 된 것은 리터러시, 읽고 쓰는 능력이었습니다. 마음을 주고받는 도구가 우편,

손편지, 타이핑한 편지, 전화, 휴대폰, 팩스, 이메일 등으로 다양해진 지금은 어떨까요? 그런 도구와 기기가 시대의 리터러시, 읽고 쓰는 능력을 얼마만큼 확실한 것으로 만들어주고 있는지 생각해봅니다.

지금 실로 다양한 커뮤니케이션 도구를 우리에게 가져다준 것은 기술이고, 끊임없는 기술 혁신으로 끊임없는 도구의 변화가 일어났으며, 그것이 끊임없이 새로운 상황을 초래하고 있습니다. 그러나 그런 너무나도 빠른 기술 전개가 초래한 것은 숙련의 결여입니다. 다시 말해 사람은 기술을 익히고 연마하지 않게 되었습니다. 또 그럴 필요가 없어졌습니다.

경험을 통해 얻은 지식은 중요하지 않게 되었습니다. 할 수 있는지 없는지는 도구의 능력 문제이고, 더 이상 사람들 각자의 능력 문제가 아니게 되었습니다. 말하자면 사람의 능력을 물을 필요가 없어진 것입니다. 기술이란 그런 것이고, 그 기술에 의해 우리가 얼마나 많은 편익을 얻었는지는 말할 필요도 없지만, 아무리 생각해도 걱정스러운 것이 딱 하나 남게 되었습니다. 그것은 리터러시, 읽고 쓰는 능력의 무표정화, 무개성화, 평균화, 그리고 그 결과로 나타난 무력화입니다.

휴대폰이나 이메일이 표현이나 어휘를 풍부하게 하지 않고, 오히려 뉘앙스나 표정을 얼마나 빈약하게 만들었는지 생각합니다. 응, ㅋㅋ, OK, 모든 것이 하나의 말로 표현되고, 적당한 정도와 때를 헤아리지 않게 되고, 무엇보다 사람과 사람 사이에 적당한 틈, 거리를 두는 것이 언제부터인가 사라져버렸습니다. 문자 메시지에서 곧바로 적나라한 표정을 짓는 이모티콘에 의지하게 된 것도 지금 우리가 가진 말이 그만큼 표정을 잃은 메마른 말이 되어버렸기 때문인지도 모릅니다.

기술 혁신의 명제는 시간을 단축한다는 것입니다. 그런데 리터러시, 읽고 쓰는 능력이라는 것은 습득과 숙련을 통해 오랜 시간을 들여서만 얻을 수 있는 지극히 일상적인 성질을 갖고 있습니다. 하루하루의 습관이 되고 나서야 비로소 얻을 수 있는 읽고 쓰는 능력에 의해 우리가 얻는 것은 경험과 판단입니다. 그리고 경험과 판단은 실패나 후회 같은 괴로운 경험이나 잘못에서 얻는 경우도 적지 않습니다.

그런 리터러시, 읽고 쓰는 능력에 대한 시를 지은 적이 있습니다. 〈말의 육수를 내는 법〉이라는 시입니다.

가다랑어포가 아니라
먼저 말을 고른다.
굵직하고 잘 마른 말을 고른다.
먼저 말 표면의
곰팡이를 수세미로 깨끗이 닦는다.
거무스름한 부분부터

말을 바르게 깎아 나간다.
말이 투명해질 때까지 깎는다.
그다음에 의미를 고른다.
두툼한 의미를 고른다.
냄비에 물을 붓고 강불에 올리고 나서,
의미를 천천히 담근다.
의미가 떠오르지 않도록 하면서
끓기 직전에 살짝 건져 낸다.
그리고 깎아놓은 말을 넣는다.
말이 냄비 안에서 춤을 추고,
말의 거품이 부글부글 솟아오르면
건져내서 버린다.
냄비가 말과 함께 부르르 끓어오르면
불을 끄고, 그다음은
가만히 말을 걸러낸다.
말의 맑고 깊은 것만 남을 것이다.
그것이 말의 첫 육수다.
말의 진짜 맛이다.
하지만, 실수해서는 안 된다.
타인의 말은 육수로 쓸 수 없다.
언제나 자신의 말만 써야 한다.

그런 '말의 육수가 잘 우러난' 하루하루의 읽고 쓰는 능력이 바로 한 사람 한 사람의 문화라고 생각합니다. 효율과 편익을 낳는 기술에 비하면 문화란 훨씬 비효율적인 것입니다. 하지만 사람이 살아가는 자세를 만드는 것은 그런 하루하루의 습관이라는 문화라고 생각합니다. 습관을 만들기 시작하는 것이 문화입니다.

편리한 것들이 하나둘 새롭게 세상에 나왔다가 또 금세 사라집니다. 그런 새롭고 편리한 것들에 하나하나 손을 대보지만, 뒤돌아보면 그 화려함 속에는 뭔가가 결정적으로 빠져 있다는 감각이 남아 있는 것 같습니다. 그리고 그것이 내내 반복되고 있는 듯한 느낌이 듭니다. 그리고 '말의 진짜 맛'을 느낄 수 없을 것 같은 하루하루가 앞으로도 쭉 계속될 것 같은 기분도 듭니다.

— 2010년 11월 5일

시 다섯 편

## 사람은 자신의 이름을

2011년 3월 11일 오후, 느닷없이, 태평양 연안의 도호쿠 지방을 덮친 대지진이 일으킨 격렬한 쓰나미는, 바닷가 사람들의 하루하루를 한꺼번에 산산이 부숴버렸다.

그리고, 한꺼번에 모든 것을 잃어버린 시간 속에, 놀랄 만한 수의 사자들을 순식간에 내버려두고, 믿기 어려운 수의 행방불명된 사람들을, 추억도 아무것도 없는 환영의 풍경 속에다 내동댕이쳤다.

어제는 만천백십일 명. 오늘은 만천십구 명. 아직 찾지 못한 사람들의 숫자다. 그러고도 매일매일, 기왓장 밑에서 발견된 행방불명의 사람들이, 하루에 백 명 가까이, 자신의 이름을 되찾아 간신히 한 명의 사람으로 죽어간다.

겨우겨우 발견된, 내내 행방불명이던 사람들은, 원망스러운 나머지, 하나같이 두 손을 굳게 오므린 채, 주먹을 꼭 쥐고 있었다. 사람은 스스로 그 이름을 살아가는 존재다. 자신의 이름을 되찾지 못하는 한, 사람은 죽을 수가 없는 것이다. 쓰나미가 앗아간 바닷가 마을의 행방불명된 사람들의 수를 새기는, 매일 아침 신문의 숫자는, 그저 말없이, 그렇게 계속 말할 것이다. 어제는 만천십구 명. 오늘은 만팔백팔 명.

2011년 5월 3일 아침에 쓰다.

## 언젠가, 저편에서

인생은 길다고, 늘 생각했다.
틀렸다. 놀랄 만큼 짧았다.
넌, 그걸 알고 있었니?
하면 할 수 있다고, 늘 생각했다.
틀렸다. 이룬 건 아무것도 없다.
넌, 그걸 알고 있었니?
알아줄 거라고, 생각했다.
틀렸다. 아무도 아무것도 알아주지 않는다.

넌, 그걸 알고 있었니?
사실은, 새로운 정의가 필요했던 것이다.
사는 것, 즐거워하는 것, 그리고 나이를 먹는 것의.
넌, 그걸 알고 있었니?
곧게 살아야 한다고, 생각했다.
틀렸다. 사람은 구부러진 나무처럼 산다.
넌, 그걸 알고 있었니?
안녕, 친구여, 언젠가, 저편에서 만나자.

## 영혼은

슬픔은, 말을 아름답게 하지 않는다.
슬플 땐, 말없이 슬퍼한다.
말로는 되지 않는 것이, 늘 가슴속에 있다.
비탄은 말에 의미를 가져다준 적이 없다.
순수함은 말을 믿기 어렵게 만든다.
격정은 결코 말을 바르게 하지 않는다.
쌓이고 쌓인 원망은 말을 엉망으로 만든다.
사람이 실수하는 건, 언제나 말을
과신해서다. 아름다운 말은 거짓말을 한다.
이 세상을 추하게 하는 건, 진실하지 않은 말이다.

누구나, 무슨 말이든 할 수 있다. 그렇기에,
무엇을 말할 수 있는가가 아니라,
무엇을 말할 수 없는가이다.
마음에 새긴다. —
말은 단지 그것뿐이라고 생각한다.
말이 될 수 없는 감정은, 가만히 안고 간다,
영혼이 따뜻해질 수 있게.
그 모습 그대로, 말을 품는다.
내 안에, 나의 체온처럼.
한 사람의 영혼은 어떤 말로 이루어져 있을까?

## 잠자는 숲의 이야기

옛날 옛적 어느 곳에
거꾸로 된 나라가 있었다
맑은 날은 비가 쏟아지고
비 오는 날은 쨍하게 맑았다

하늘에는 나무뿌리
땅속에는 별
멀리는 아주 가깝고
가까이는 아주 멀었다

아름다운 것이 추하고
추한 것이 아름답다
웃을 때는 화내고
화날 때는 웃는다

볼 때는 눈을 감는다
눈을 떠도 보이지 않는다
머리는 땅에 붙어 있고
발로 생각을 해야 한다

나무가 없는 숲에서는
날개를 잃어버린 천사를
천사를 잃어버린 날개가
찾아다니고 있었다

꽃이 소리쳤다
사람은 침묵했다
말에는 의미가 없었다
의미에는 말이 없었다

강한 것은 약하고
약한 것은 강하다
옳은 것은 틀렸고
틀린 것은 옳았다

거짓이 진짜이고
진짜가 거짓이었다
거꾸로 된 나라가 있었다
옛날 옛적 어느 곳에

## 현명한 자여, 가르쳐주십시오

— 모험이란,
하루하루, 조용히 나날을 보내는 것이다.
누군가 그렇게 말했다.
프라하의 카프카였을 것이다.
사람은 저마다의 장소에서,
저마다, 세상이 알지 못하는
한 사람의 모험가처럼 살아야 한다고.
하지만 하루하루가 모험이라면,
사람의 인생이라는, 터무니없는 모험에는,
도대체 얼마만큼의, 자신을 지킬 수 있는
말이 있으면 충분할까?
밤에, 귀츨라프* 번역의 복간본 성경을 펼치고,
요한이 전하는 기쁨의 소식을 읽는다.
북독일에서 태어난 선교사 귀츨라프가
일본인 표류민 세 명의 도움을 빌려,

* 카를 귀츨라프. 프로이센 출신의 의사이자 목사로 1837년 최초의 일본어 번역본 성경을 냈다. 한국에 들어온 최초의 개신교 목사이기도 하다.

멀리 싱가포르에서 아름다운 목판에 새긴
일본어로 쓰인 가장 오래된 성경책.
태초에 현명한 것이 있었다.
이 현명한 것은 극락과 함께 있다.
이 현명한 것은 극락이다.
이 현명한 것이란, 말이다.
극락이 하나님이다. 복음이 우리에게
전해주는 것은, 기쁨의 소식이다.
오늘 필요한 것은, 하루하루의
조용한 모험을 위한 말, 기도하는 말이다.
사람 안에 생명이 있다.
이 생명은 인간의 빛.
이 빛은 어둠 속에서 반짝인다.
그러니, 현명한 자여, 가르쳐주십시오,
어떻게 기도할지를, 극락을 갖지 않은 자에게.

## 하루를 지켜보다

해가 뜬다. 오전이 온다. 정오가 되고, 해가 기울고, 저녁이 찾아오고, 해가 저물고, 밤이 되고, 한밤중이 되고, 하루가 지나간다.

그렇게 지나가는 하루하루란 어떤 하루일까요? 특별할 것도 없는, 그저 평범하고 따분한 하루일까요?

오랫동안, 우리는 하루라는 것을 연속된 시간으로 크게 느끼기보다는 하나하나 쪼개진 시간을 조합한 것처럼 받아들이고, 그렇게 하루를 만든다는 것을 이상하게 여기지 않게 되었습니다. 그리고 그렇게 1분, 1분을 쪼개듯이 바쁜 시간을 살아가는 것이 좋다고 생각하게 된 것 같습니다.

하지만 정말 그럴까요? 그렇게 하루를 만들고 시간을 쓰는 것이 괜찮을까요? 아침이 밝아, 해가 높이 뜨고, 이윽고 해가 저물어가는, 그렇게 조금씩 변해가는 별것 아닌 하루가 평범하고 따분한 하루이기는커녕, 사실은 터무니없이 소중한 하루이고, 넘쳐흐르는 기적이라 해도 좋을, 무엇과도 바꿀 수 없는 하루라는 것, 그것을 다시금 분명히 알게 된 계기는 올해 일어난 대지진과 그 후의 나날들이었다고 생각합니다.

지금 우리가 하루라는 시간을 바라보는 시선의 방향을 생각해보면, 먼 곳을 바라보는 습관, 그리고 마음을 멀리 떠나보내는 습관을 우리는 오래전에 잃어버린 것 같습니다.

예를 들면, 지난 한 달 동안 3일 연휴가 세 번이나 연달아 있었던 적이 있습니다. 소비를 장려하기 위해 휴일을 옮겨 연휴를 늘리겠다는 목적으로 만든 법 때문에, 그 휴일이 무슨 날인지도 모른 채 지나가고, 나들이도 하루를 느긋하게 보내기 위한 것이 아니게 되었습니다.

소비는 시간을 찰나적으로 만들고 세분화합니다. 그래서 시간을 천천히 쓴다는 것을 멀리하게 되었습니다. 그것이 얼마나 일상의 전망을 가리고 답답하게 만들었는지, 그리고 그만큼 말이 얼마나 답답한 것이 되어버렸는지를 생각합니다.

그렇게 시간을 쓰게 되면서 우리가 무엇을 잃어버리게 되었는지, 대지진, 쓰나미, 원전 사고로 산산이 부서진 하루하루의 시간이 새삼 묻고 있는 것 같습니다. 우리는 무엇을 잃어버렸을까요.

창밖의 풍경. 옥상의 풍경. 들판의 풍경. 다리 위의 풍경. 지붕 위의 풍경. 돌계단 위의 풍경. 빨랫줄의 풍경. 우리의 하루하루의 생활을 만들어온 것은 그런 풍경들이었습니다. 풍경이란 시간을 분 단위로 쪼개지 않고 바라보는 것, 연속하는 시간 속에서 조금씩 변화하는 경치를 바라보는 것입니다.

풍경을 되돌리고 싶다는 마음을 담아, 그림책 작가 아라이 료지 씨와 한 권의 그림책을 만들었습니다. 파란 하늘과 하얀 구름이 그려진 표지를 넘기면, 똑 하고 떨어지는 빗방울 하나로 시작되는 '풍경'의 그림책, 하루를 그린 그림책입니다.

아, 비다. 툭, 투둑, 비는 점점 세지고,
파란색이 점점 회색이 되고, 초록색이 점점
회색이 되고, 폭풍우가 옆으로 들이치고,
점점 세져서, 점점, 콰광, 쾅쾅쾅, 콰콰콰, 콰—앙,
운명처럼 내리치고, 나뭇잎의 색이 흘러가고, 바람의 색이
소용돌이치며, 콰—앙 콰—앙, 어느새 멀어지고,
조용해지더니, 아, 그쳤다, 점점 밝아지고, ……

그렇게 차츰차츰 변해가고, 차츰차츰 지나가는, 하루의 하늘의 시간.

어른과 달리 아이는 마치 하루가 인생 그 자체인 것처럼 살아갑니다. 지금 우리에게 필요한 것은 그렇게 아이처럼 하루를 바라보고 지켜보는 게 아닐까 하고 생각합니다. 가장 당연한 시간이 가장 신선한 시간이어야 한다는 것을 생각합니다.

— 2011년 11월 1일

## 바다를 보러 가다

'바다를 보러 가는 것'은 예전부터 우리의 감수성의 깊이를 키워왔습니다. 바닷가에 서서, 해변에 앉아서, 그냥 바다를 봅니다. 먼 곳을 바라봅니다. 또는 날이 밝기 전, 해돋이를 보러 갑니다. 저녁 무렵 바다에 떨어지는 저녁 해를 보러 갑니다.

섬나라란 사방이 바다로 둘러싸여 있다는 것, 바닷가에 불분명한 경계가 지어져 있다는 것입니다. 바닷가라는 곳은 '사이'라고 하는 독특한 원근법을 가진 곳입니다. 바다와 산의 사이. 하늘과 바다의 사이. '사이'라는 장소는 담벽처럼 이쪽과 저쪽을 단절시키는 것이 아니라, 물이 차면 바다가 되고, 물이 빠지면 육지가 되는 모호한 영역입니다. 바닷가의

'가'라는 것은 주변, 언저리이기도 하고, 경계이자 완충지대이기도 한 장소입니다.

그렇기 때문에 그것은 삶과 죽음의 경계로 느껴지는 장소이기도 했습니다. 멀리 저편을 바라보는 장소, 고해정토(苦海淨土), 끝없이 펼쳐진 괴로운 바다 너머로 깨끗한 땅을 바라보는 '사이'이면서 '언저리'의 장소입니다. 아득한 옛날부터 지금까지 바다를 보는 것, 밀려왔다 물러나는 하얀 파도를 바라보는 것은 이 세상을 찬찬히 생각하는 것이었습니다.

메이지 시대 말, 시인 기노시타 모쿠타로가 쓴 〈패랭이꽃〉이라는 시가 있습니다. 오후의 바닷가로 나가 어두워질 때까지 바다를 바라보며, "사람의 세상은 이렇게나 변하지만, 그래도 20년, 30년, 아니 더 먼 훗날에도 어떤 젊은이가 또 지금의 나처럼 덧없는 환상과 슬픈 감정을 안고, 이렇게 바다 앞에 멈춰 서 있을지도 모르지" 하며 이렇게 이어갔습니다.

해질녘 바닷가로 나가
노래를 부르니
옛날 사람도 이렇게 노래했다고
힘없이 걷는 장님이 말했다.
참으로 예나 지금이나 변함없는
사람의 마음의 괴로움, 그리움, 슬픔.

바닷가 돌담에
연분홍색 패랭이꽃이 피었다.

이렇게 바다 앞에 멈춰 서는 것.

미야자와 겐지 역시 〈오호츠크 만가〉라는 시에서, 세상을 떠난 여동생 도시코를 향한 마음을 사할린 바닷가의 아름다운 풍경 위에 새겨놓았습니다.

내가 사할린의 인적 없는 바닷가를
홀로 걷거나 지쳐 잠들어 있을 때
도시코는 저 푸른 곳 끝에서
뭘 하고 있는지 알 수 없다
분비나무와 가문비나무의 거친 줄기와 가지가
뒤엉켜 일렁이는 저 너머에서
파도는 몇 번이고 소용돌이친다
그 소용돌이에 모래가 용솟음치고
바닷물은 쓸쓸하게 흐릿하다
(……)
바다가 이렇게나 푸른데도
내가 아직도 도시코를 생각하고 있으면,
왜 너는 그토록 하나뿐인 여동생을

슬퍼하고 있냐고 먼 곳의 사람들이 표정으로 말하고
나는 또 마음속으로 말한다

그렇게 바다 앞에 멈춰 서는 것.

그것의 소중함을 생각합니다. 하지만 단지 그뿐인 것이 지금은 어느 사이엔가 어려워졌습니다.

"예나 지금이나 변함없는 사람의 마음의 괴로움, 그리움, 슬픔"을 바라보기 위해, 바다를 보러 갑니다. "저 푸른 곳 끝에서 뭘 하고 있는지 알 수 없는" 세상을 떠난 사람에게 무언의 애도를 바치기 위해, 바다를 보러 갑니다. 아니, 그 어떤 이유도 없이 그저, 바다를 보러 갑니다. 단지 그것만으로 충분하다는 생각을 저는 〈바다를 보러〉라는 시로 지은 적이 있습니다.

바다를 보러 간다. 때때로 그 말에 마음이 불쑥 사로잡히면, 차를 타고 혼자서, 자주 바다를 보러 갔다. 그것은 부둣가의 밤바다이기도 하고, 맑은 날 곶의 바다이기도 했다. 길고 긴 해안선을 달리기도 하고, 깊숙이 후미진 곳에서 쉬기도 한다. 어디라도 좋은 것이다. 눈앞에 바다가 보이면 그걸로 좋았다. 아무것도 하지 않는다. 자신이 한 점 몸뚱이로 느껴질 때까지, 그대로 계속, 바다를 보고 있다.

수평선이 기우뚱 가라앉는 것처럼 보이는 날도 있고, 하늘이 수평선을 끌어올리는 것처럼 보이는 날도 있다.

해질녘의 바다에는 언제나 어디에나, 아이들이 있었다. 놀고 있다. 함성을 지르며 뛰어다니고 있지만, 목소리는 들리지 않는다. 개는 파도를 좋아한다.

바다 앞에 있을 때, 말은 필요 없다고 생각한다.

나는 그저 바다를 보러 간 것이다. 바다가 아니었다. 내가 좋아한 것은, 바다를 보러 간다는, 나만을 위한 행위이다.

바다를 보러 간다. 그것은 내게는, 비밀의 말처럼 친근한 말이고, 비밀의 행위처럼 친근한 행위였다. 무엇을 하러 가는 것도 아니고, 그저 바다를 보러 가는 것뿐이었지만, 바다에서 돌아오는 길에, 인생에는 어떤 형용사도 필요 없다는 너무도 평범한 진실이, 신발 안에 남아 있는 모래알처럼, 가슴에 남았다.

한 사람의 하루하루를 깊게 만드는 것이 있다면 그것은, 얼마만큼 적은 말로 살아갈 수 있는가이지, 얼마만큼 많은 말로가 아니다.

**바닷가란 어쩌면 우리의 일상에 남겨진 가장 오래된 세계입니다. 자신을 찾아오는 이들에게 바다가 들려주었던 것은 처음부터 지구를 지켜온 것, 지금도 지켜오고 있는 것, 지구**

를 지구답게 만드는 조화라는 것, 그런 것들을 떠올려주는 비밀이 아닐까요. '바다를 보러 가는 것'이 늘 우리의 마음을 끌어당긴 것은 바로 이 비밀 때문이라고 생각합니다.

"진인사대천명(盡人事待天命), 인사를 다하고 하늘의 뜻을 기다린다"라는 말을 생각합니다. '인사'라는 말을 사전에서 찾으면 '사람이 할 수 있는 범위의 일'을 말합니다.

그런데 인사를 다한다는 것이 '사람이 할 수 있는 범위를 넘어서까지 다하는 것'처럼 생각하게 되었다는 것에서 많은 문제가 일어나고 있다고 생각합니다.

하지만 사람의 중심이 되는 것은 언제나 '사람이 할 수 있는 범위의 일'을 제대로 하고 있는가를 끊임없이 스스로에게 묻는 것입니다. 스스로에게 묻는다는 것은 자신을 여는 것이라고 생각합니다. 사람이 할 수 있는 것은 오직 그것이라고, 바다를 보러 가서 바다를 마주하면서, 늘 생각합니다.

— 2012년 7월 16일

# 저자의 말

"그저 막연한 불안" — 이런 말을 남기고 아쿠타가와 류노스케가 스스로 목숨을 끊은 것은 관동대지진이 일어나고 4년 후의 여름입니다. 보이지 않는 미래에 대한 불안을 새긴 이 말은 그 후 이 나라에서 무슨 일이 일어날 때마다 떠올려지는 말이 되었지만, 그때 그가 유서에 남긴, 또 하나의 절실한 말은 후세에 소홀히 여겨져 왔습니다.

"다만 자연은 이런 나에게 그 어느 때보다도 더 아름답다."

아쿠타가와는 유서 말미에 이렇게 쓰고, 그 뒤에 이런 말을 덧붙입니다.

"하지만 자연이 아름다운 것은 나의 마지막 눈에 비치기 때문이다. 나는 남들보다 더 많이 보고, 더 많이 사랑하고, 더 많이 이해했다. 그것만큼은, 괴로움이 쌓여가는 동안에도 어느 정도는 내게 만족을 주었다."

마지막 눈에 비치는 것이란 평소에는 누구의 눈에도 보이지 않는 것, 더 정확히 말하면 누구에게나 보이지만, 누구도 보고 있지 않는 것입니다. 그것이 자연의 아름다움이라고, 죽음을 눈앞에 두고 뒤돌아보며 아쿠타가와는 말했습니다. 하지만 작가의 사후, 지금까지 백 년 가까이 흐르는 동안 잊히고 소홀히 다루어진 것은 그 자연의 아름다움에 대한 고마움입니다.

자연이 하루하루 속에 만들어내는 것은 그리운 시간입니다. 그리운 시간이란 하루하루 친숙한 시간이자 일상을 만들고 지켜주는 시간입니다. 《그리운 시간들》은 우리가 소중히 다루어오지 않았던, 하지만 미래를 생각할 때 절대 잃어버려서는 안 되는, 누구나 보고 있지만 누구도 보고 있지 않는 감수성에 대한 것입니다.

《그리운 시간들》은 NHK TV의 〈시점·논점〉에서 17년 동안 48회에 걸쳐, 한 시인의 눈을 통해 들려주었던 (방송용으로 집필한) 원고를 바탕으로, 한 편 한 편에 방영 일자를 붙여 시간순으로 배열하고, 언제 어떤 이야기를 했는지 모아서 처음으로 엮은 책입니다. 묘하게도 이 책은 20세기가 끝나가고 21세기가 시작될 무렵, 또 2011년의 동일본 대지진이라는 시대의 흐름을 마주하며 쓰게 되었습니다.

지금까지 〈시점·논점〉을 담당해온 감독 여러분들, 다테노 시게키 씨, 그리고 이 책을 이런 형태로 엮어서 내준 이와나미쇼텐 신쇼 편집부의 사카모토 준코 씨에게 진심으로 감사의 말을 전합니다.

독자 여러분께 바라는 것이 있다면, 바흐의 평균율 클라비어 곡집 48번처럼 몇 번이고 반복되는 주제를 마음속에 새기며 읽어주시면 좋겠습니다.

— 2013년 대한(大寒)

옮긴이 박성민

도쿄외국어대학교 대학원에서 일본어학을 전공하고 통번역사로 일했다. 번역서로 《책은 시작이다》, 《심호흡의 필요》, 《세상은 아름답다고》, 《나쓰메 소세키 - 인생의 이야기》, 《다자이 오사무 - 내 마음의 문장들》, 《봄은 깊어》 등이 있다.

# 그리운 시간들

2023년 6월 1일 1쇄 찍음

지은이 오사다 히로시
펴낸곳 시와서 출판
펴낸이 송승현

출판등록 2016. 12. 6.
주소 경기도 파주시 책향기로 183, 1507-506
전화 070-8200-1604
이메일 siwaseo@gmail.com
블로그 blog.naver.com/siwaseo
인스타그램 www.instagram.com/siwaseo

ISBN 979-11-91783-06-3